網路 Novel@

破襪子

霜子 著

在最喜歡的人面前，所有的心情都無法掩飾。

他知道我內心深處的恐懼，也看穿我故作堅強的武裝，
「嘿，妳在想什麼？」當他突然問我，「妳到底在想什麼？」
我沒辦法擠出任何一個字，只能呆呆地看著他。
我都不了解自己，而他總是能看穿我。
「過來，」他伸手拉住我，「妳很冷。」
「不……不會。」我悶著聲音抗拒，試著把手從他掌中抽離。
「當然會。」他說：「冰山融解的時候，溫度總是最低。」

作。者。序

十年

我寫《破襪子》，是一九九九年五月的事。那一年，我大學三年級，每天醉生夢死、渾渾噩噩，恣意揮霍青春，單純地以為好日子可以永遠持續下去。

但沒過多久，我畢業，離開學校，出來工作，經歷過好事情、經歷過壞事情，一轉眼，十年就過去了。

今年，我和商周合作，除了四月出版《藍色》之外，也把以前一些回收版權的舊作再次付梓。回頭看十年前的稿子，對我來說，是滿不一樣的經歷。

認識的人都知道，我這個人做事向來拖拖拉拉、懶懶散散，每次都要到火燒眉毛、十萬火急的時候才會緊張。和出版社簽約之後，我一直把這件事情放著，等到編輯來第二封信催著要書稿了，才開始滿家翻箱倒櫃地找舊稿備份光碟。

結果光碟還沒找到，反而先找到父親留下的日記。

《破襪子》不是我寫的第一個故事，但卻是我出版的第一本書，是我成為一個說故事的人的第一步。出書這種事情，現在也許容易，但在當年可是件大事。

我爸爸在中國時報擔任校對二十多年，校過無數錯別字，出版前，他理所當然地替我肩負起校稿的工作。

很多人可能以為，女兒寫書、父親校稿，似乎是很溫馨的一件事。但說真的，當時我看到爸爸拿起出版社送來的紙本稿時，心中的忐忑不安，難以言喻。

我爸這個人，為人正直踏實，外表風趣幽默，但內心頑固保守。而《破襪子》的內容是一個校園的、愛情的、輕鬆的故事。我當時提心吊膽地害怕著，不知道爸爸看完我寫的故事會怎麼想？搞不好他會說：「風花雪月、不知所云。」那我可就無地自容了。

可老爸一句話也沒說，他花了兩天時間，認認真真地把稿子看完，然後挑出一堆錯字和用詞，幫我抓出了好些前後不統一的段落。

二〇〇〇年一月初，這個故事出版了。

我年少時，表裡不一，經常故作老成，其實心浮氣躁。對於出書，內心狂喜，但表面上卻裝得若無其事，而相形之下，爸爸格外激動，到處向同事和朋友宣傳女兒出書的消息，鼓勵大家去買，甚至乾脆在辦公室外頭貼自製海報，只差沒有強迫認購，還一本一本地寄給遠近親朋好友……

我爸在外頭怎樣推波助瀾，我是完全不知情。因為那個時候，每次他看到我，總會教訓似地說：「不要以為妳出了一本書就了不起了！這一次是運氣好，妳自己要心裡有數。」

許多年後的今天，我在日記裡面看到父親的紀錄，才知道爸爸在我看不見的背後，為我做了多少事，他是多麼在乎這本小書。

二〇〇〇年一月十號的日記裡，爸爸說：

看到自己女兒的書置身在眾多作家作品中，心中有那麼一點她是我女兒的高興。

後來，他又為我校對了《搭便車》，但這本書還在跑出版流程時，他就過世了，沒來得及見到成書。

那是二〇〇〇年九月的事，距離《破襪子》的出版，不過幾個月。

之後的幾年，我又出了幾本書，如果可能，還想這麼繼續寫下去。

每次出版前，總要寫序。每次寫序，我就會想起爸爸當年說「這一次是運氣好，妳自己要心裡有數」的話來。

是的，我一直心裡有數，我所得到的和前進的每一步，不完全是我一個人的努力，還有許多人在背後推著我向前，所以心懷感激。

在寫這本書的新版作者序時，我覺得，應該在這裡提到爸爸。他雖然已經不在了，但這十年，和接下來的每一個十年，他都強烈地影響著我。

對於舊作，我的態度是不更動，盡量維持原本的面目。雖然現在回頭審視這些故事，無論是在修辭的能力或故事的鋪陳上，都有太多太多缺陷，我可以輕易地挑出各種毛病。但之所以不修改，是因為——這就是十年前的霜子。

我曾經這麼青澀地說一些粗糙的故事，雖然千瘡百孔，可是很真實。

父親在二〇〇〇年一月七日的日記裡說到：

盼望了多日終於看到了她的小說化成鉛字，可愛的封面及插圖，她是用「霜子」的筆名出版這本小說。不過我不希望她因爲這一小步而陷溺在自滿中，將來還有很長的一段路要走呢。

我摘錄這段話，也提醒自己。

請原諒我任性地用這次作者序的空間回憶父親，或許是陳年舊事，然而對我來說，這代表著十年來，他一直不曾離開過我。

霜子　二〇〇九年七月十二日

破襪子

我之所以和阿燦認識，完全是因爲那一雙破襪子的緣故。

破襪子就罷了，男生有一兩雙破襪子，算不得什麼。

不過重點是，這雙襪子是我的。

它破得相當對稱，在兩邊的腳趾、腳跟處各開兩口大洞，如果穿上它，我兩隻腳的大腳趾可以互相袒裎相見、點頭招呼。

這襪子，對我來說只能當抹布，而且還不夠大。

我當然已經淘汰了這傢伙，把它丟在衣櫃的最深處，想也不想，然後就慢慢遺忘它的存在。

我從沒想過得逼迫自己再度穿上它。

有時候想想，那天早上我一定是做錯了什麼事，以致於諸事不順。

一大早起床趕第一堂課，睡眼昏花之間，手一揮就把桌上的水杯撥倒，一杯滿滿的水不偏不倚地全灑在新買的電腦鍵盤上。

我想，這下子我又得去買另一塊了。

這倒還好，刷牙時，站在旁邊的同學一失手，把整盆髒水砸到我的褲管，一條長褲瞬間濕淋淋地彷彿在泳池裡泡過。

我得立刻換一條長褲。

等到匆匆打理完一切內務，準備穿鞋要出門時，我發現自己抽屜裡竟然沒有半雙乾淨襪子可穿。

這怎麼可能呢？我明明已經算得很清楚，離該洗襪子還有兩天呢。

我翻箱倒櫃地找了一陣，第一堂課的預備鐘聲從窗外響起。

我得立刻做出決定，是要放棄穿襪呢？還是……

當時，我已經在考慮要蹺課洗襪子去。

每個人多少都有怪癖，我也不例外。在我的標準中，女孩子不穿襪子出門，簡直就跟沒穿衣服一樣，所以我從來沒穿過涼鞋。

這是題外話。

總之，當我正頭痛萬分時，我找到這雙深藏在衣櫃底，暗不見天日多時的破襪。

破襪子總比沒襪子好，我想了想，雖然它破的地方幾乎要比完整的部分多了，可是它畢竟叫做「襪子」。

總比雙腳裹著毛巾去上課來得強吧？

衡量輕重……其實我也沒什麼多餘時間衡量輕重，連忙穿上這雙襪子，套上球鞋匆匆出門。

當時我並不知道噩夢才開始。

第一二堂是很無聊的必修課，台上老師滔滔不絕地說著歷朝各代文學流變的發展時，台下的我除了得忍耐自己的睡意，還得分心在我的腳上。

我實在不想多形容那種感覺，悶在鞋子裡的腳趾，正不由自主、快快樂樂地鑽出襪洞，扭來扭去。

我可以感覺到破洞似乎愈來愈大，我的腳幾乎快要擺脫這塊爛布的束縛。

這不是跟沒穿襪子沒啥兩樣嗎？

雖然正值秋冬寒涼時節，山上的天氣陰涼、微風徐徐從窗外穿入，但我的額頭上，一滴一滴的冷汗無法遏止地冒出來。

「霜子，妳怎麼啦？」坐在身邊的同學低聲地問，「臉色好難看喔。」

「嘿嘿，呵呵……沒什麼啊。」我努力地扭動腳趾，想要把它們擠回那塊爛布之中。缺少手部的幫忙，這項工作特別辛苦。「沒事啦！」

「肚子痛嗎？」同學說：「還好吧？」

天啊，你們都不能了解，我正在和人類的極限搏鬥啊！

我一邊想著，一邊勉強露出奇妙的笑容。「沒事沒事！」我想這時候的我一定看起來很奇怪，手中的筆尖顫抖、雙腳扭動，簡直跟蚯蚓沒兩樣。

沒過多久，這樣奇異的姿態引起老師的注意。

「曉霜！妳怎麼啦？」老師放下厚厚的書，特地摘下老花眼鏡傾身向前。「還好吧？」

「沒、沒事沒事！」我的大腳趾這時正壓住了襪洞的邊緣，而其他的腳趾也正慢慢地要歸位，但老師的這一聲關心，半堂課的努力全部煙消雲散。

破洞因此又擴大了一倍左右。

可是這下子我不敢再輕舉妄動了，我很怕等等老師會叫我脫下鞋子，仔細檢查我的腳是為了什麼要這樣扭成一團。

我只有平心靜氣地忍耐。

等到下課！我發誓，等到下課，我一定要把腳上的鞋子脫下來，好好地把這雙襪子扭回正軌。

至少要把腳趾們給塞回去才行。

下課鈴聲還沒響完，我已經一馬當先地奔出教室。

我溜到大樓後頭的防火梯上，小心翼翼地掩上鐵門，確定四下無人之後，緊張兮兮地把鞋子脫下來。

情況遠比我想像的嚴重。也許是因爲之前跑來上課，又經過大半堂課的腳趾蹂躪，這雙脆弱的爛襪子，破得比我想像中更大了。

「媽啊，這該怎麼辦？」我面對著兩隻白晃晃的腳底板，和兩塊破成不規則形狀的爛布，頭痛起來。

「一早上都有課呢，也不能回去洗襪子。」我喃喃自語，「乾脆丟了算了，一個早上不穿襪子大概沒人會看出來吧？」

我努力地思考著該要如何是好。

「嗯嗯，不行不行，不穿襪子實在是太恐怖了。」我不敢想像自己沒穿襪子的情況，二十多年來，只要外出，我沒有不套上襪子出門的時候。

「哎唷，現在該怎麼辦啦！」坐在階梯上，我拎著兩隻襪子頭痛萬分。

「早知道就蹺這兩堂課去洗襪子，」我一緊張起來，就常常會自言自語，「這樣有穿跟沒穿一樣，進退兩難，我的媽啊！」

你知道，有時候壞事總是接二連三地出現，擋都擋不掉。正當我愁眉苦臉、煩惱不已的時候，更恐怖的事情發生了。

現在，我聽到樓上的樓梯間傳來重重的下樓腳步聲。

如果沒穿襪子跟沒穿衣服一樣，現在我兩腳光光地坐在階梯上，簡直就跟裸奔沒什麼差別。

我很驚慌、非常驚慌，一面急著要把襪子穿上，一面又要套上鞋子。手忙腳亂，我自己都覺得又好氣又好笑。

而且，一旦人慌亂的時候，做什麼事都會出問題。

我馬上就出了一個大問題。

套上襪子時，一個用力，一聲清脆的撕裂聲，我右腳的襪襪當場就分屍兩半。

這下子我多了一塊抹布。

現在可好，別說穿襪子，這隻襪已經徹徹底底被我毀掉。

看過《櫻桃小丸子》嗎？我可以想見我慘白的臉上，出現那熟悉的一道道黑線。

「God!」我只能發出這樣的聲音。

腳步聲接近，沒幾秒，已經到了我後方的轉角處。

聽腳步聲，我想對方是一個男生。

這時，我除了希望對方快點離開、忽視我的存在之外，也沒別的方法可想了。

我很鬱卒啊！這是怎樣的一天啊！怎麼會這麼倒楣啊！

我已經做了最壞的打算，如果他敢多看我一眼，姑娘我就要擺出我最潑辣惡霸的臉孔，狠狠地凶過去。

這棟大樓一向是中文系使用，而我今年已經大三，四年級的學長們早上通常沒課不會出現。

會經過這裡的，大概只有同系的學弟想抄捷徑到樓下的教室去搶位置。

對學弟凶惡，諒他們也不敢多說什麼。

打定主意，我動也不動地縮在角落，鼓漲氣勢，準備開火。

然後我聽到一陣咳嗽聲。

當然，那是一種表示「喂！妳擋到我的路了啦！」或是「妳在這裡幹麼？」之類的警訊。

我收斂自己的殺氣，凝聚在眼底。

我發誓，這傢伙只要再敢給我咳他一聲，我就要用死光眼睛瞪過去。

他放慢腳步，慢慢走下樓梯。

不過幾步的階梯，對他來說好像是登天的窄道，他走得這麼慢，等得我都快要抓狂了。

然後他走過我身邊。

我沒有多看他一眼，也沒過問一聲，他發出「叩！叩！」聲響的腳步，慢慢從我身旁離開。

我暗自喘了一口氣。

微微瞄了一眼他的背影，格子襯衫、牛仔褲，看來陌生，不太像是系上的學弟。

我這個人有點惡人沒膽，知道不認識對方，自然也不敢太囂張。

看他轉向鐵門，我心裡放鬆很多，暗自希望他不要在最後回頭多看我一眼。

正當我這樣想時，他就給我回頭了。

而且不偏不倚，一眼就看到我那雙光溜溜的腳丫，還有我那欲蓋彌彰、想要塞在牆角的襪子殘骸。

我想他也一定受到了些許驚嚇，因爲他的表情看起來很好笑。

「嗯。」他放下抓著門把的右手，下意識地搔搔頭髮，然後開口了。

「妳在這裡做什麼？」他問我。

「要你管。」我口氣很爛地回答他。

「喔。」他莫名其妙地又瞧了我那縮成一團的腳丫。「妳怎麼不穿鞋啊？」

我想我快要發瘋了。

「我……」我努力地想要找個正當理由。「我……我在晾腳，不行嗎？」

「……」

「你看什麼看啊。」我兇悍地拋出一記冷眼。「沒看過女生的腳啊？」

「是沒看過。」這傢伙居然給我老老實實地招認。

「……」我有幾秒鐘幾乎氣得說不出話來。「那你現在看夠了沒？」

停了一會兒，他又摸摸頭髮，「我能不能問妳一個問題？」

「幹麼？」

我現在有點覺得奇怪了，這傢伙居然被我兇了這麼一陣還不趕快拔腿逃走，可見他不是我們系上的人物。要不然，凡是中文系的，上從主任下到學弟妹，哪個不知道姑奶奶發飆起來的厲害？

不知者無罪，我想著，趕快回答問題然後趕跑他算了。

「嗯，我想問啊，」這傢伙慢條斯理地想了一想，然後伸出手指，指著牆角的那兩塊爛布，「那個是不是……是不是妳的襪子啊？」

我順著他的方向往下瞄了一眼。「你說呢？」

「我想應該是。」

「那你還問。」我再度掃出死光眼。

沒想到這傢伙不但不害怕，還饒有興致地繼續問，「妳的襪子怎麼會變成那個樣子啊？」

「……」我不打算回答他。

「好破的襪子。」他的聲音，彷彿在讚嘆一張絕世不出的大師名畫。

我已經快被這個遲鈍的傢伙搞得要氣絕了。

「妳不能這樣光著腳丫在學校走喔。」他居然開始跟我說教。「給校長或是行政人員看到了，一定會被罵，呵呵。」

「……」

「快點穿鞋子，不然等一下說不定會著涼生病喔。」他好心地提醒。

我想這傢伙又遲鈍、又笨、又呆，不過還算心地善良，我看他的表情不像是在鬧著我玩。

這白痴大概眞的以爲不穿鞋子會生病吧。

「妳有沒有聽到我說話啊？」他繼續問，「快穿鞋子啊。」

「你煩不煩啊，少管閒事啦。」我沒好氣地說。

「這樣不行喔。」他說。

「能不能請你趕快走啊？」我很無奈地猛翻白眼，「拜託拜託好不好。」

「那妳等一下得穿鞋子。」他不死心地說：「不能光著腳在學校亂跑。」

「好啦好啦。」

我開始覺得這一切都莫名其妙地好笑起來。

上課前，我已經成功銷毀證據，把那雙襪子包在好幾層衛生紙中，扔進垃圾桶。

爲了防範系上同學發現，進而認出這雙襪子的主人，我還特地跑到外文系的廁所裡丟棄「贓物」。

哼哼，這樣就天不知地不知，誰也不曉得我的糗狀了。

當然，除了我和「那個傢伙」之外。

然而，在課堂上，我心裡面還是忍不住有點怕怕的，畢竟這是我打從有記憶以來第一次光著腳在外頭亂跑。

我心裡總是有那麼一些惴惴不安。

但重點不是這個，重點是，有個傢伙居然看到了我的糗狀，而且還逍遙在外。

我不知道他會跟誰放出這個消息，我甚至搞不清楚他是哪個系上的，更不知道他是學長還是學弟。

我只要想到，他可能會在吃飯喝茶時跟旁人閒聊起這件事，就覺得頭皮發麻。

其實說還好，這也不是什麼大不了的問題，講就講，誰怕誰？

弄破一雙襪子，又不是發射一枚核武，有什麼好大驚小怪的？我就不相信有人生平沒穿過破襪，好嘛，頂多不是像我的那樣破。

那又怎樣！那又怎樣嘛！

可是我想起來還是忍不住煩惱，我也不知道自己在煩惱什麼，那種感覺，就好像是自己考試作弊被旁人逮個正著一樣。

而這個「旁人」又是陌生的傢伙，毫無交情，誰知道他會不會出賣你？這眞是令人提心吊膽，太恐怖了。

上完早上的課之後，一回宿舍，我立刻搜括洗衣籃中所有待洗的襪子出來，徹徹底底地刷了一遍，用吹風機一隻一隻地吹乾。

「怎麼可能嘛，」我邊吹襪子邊跟室友阿菁說：「今天早上居然找不到一雙可以穿的襪子。」

「……」阿菁的表情怪異。「襪子啊……」

「對啊，妳說這有沒有道理，我的襪子庫存量居然急速減少。」我說：「難道是上次洗衣服時，被我不小心丟到哪裡去了嗎？」

「大、大概是吧。」阿菁說：「我看……我看等妳下次回家的時候，去公館夜市多買幾雙好了。」

「也只有這樣了。」我說：「害我今天糗死了。」

「嗯？」阿菁問我，「發生什麼事了啊？」

「就是、就是……」我猶豫幾秒鐘，不知道該怎麼解釋，於是決定什麼都別說，

「反正就是很糗啦，哎呀。」

「喔……」阿菁支支吾吾地哼了幾聲。「沒事就算了。」

「反正很奇怪啦！我的襪子怎麼憑空消失了三雙啊？三雙耶！」我數著桌上的襪子。「看，少了三雙，我不可能一次丟掉三雙襪子啊！」

「丟了就丟了，」阿菁說：「就不過是三雙爛襪而已嘛，嘮嘮叨叨個沒完沒了。」

「哎呀，妳不知道啦，我沒穿襪子感覺就跟沒穿衣服一樣。」我咕噥著。

「那妳下次給我只穿襪子、全裸出去上課，這樣就是穿了衣服了唷！」阿菁凶巴巴地說：「吵死了，妳這個愛碎碎唸的傢伙。」

我不敢吭聲，這個房間裡，阿菁的地位最高，她要是真的不高興起來，我的聲韻學考試就沒人罩了。

「喔，我問妳一個人，看妳認不認識……」我急忙改變話題，把見到的那個傢伙外貌稍稍形容了一遍。「有印象嗎？是哪個系的啊？」

阿菁這人有個厲害的地方就是交友廣闊，因爲她在通識辦公室打工，所以幾乎跟各系的學生都多少有些接觸。

「妳在哪裡碰到他的？」她皺皺眉。

「系大樓三樓。」我據實以告。「他好像是從五樓走下來。」

「嗯，大概是研究所的學長吧？」阿菁說：「聽起來好像有點印象，可是我也不確定。」

「白問妳了啦！」我不高興地說。

「那妳就不要問我啊！」她哼了兩聲。「當我電腦啊？妳說長相我就得告訴妳他是誰。」

「……」

「妳今天下午有沒有課啊？」

「沒有，可是我要去書苑值班。」我說：「妳呢？」

「下午沒事，睡覺去！」她說：「回來的時候記得幫我買晚餐，我不想動了。」

「喂喂！」我喊著，「哪有這種事！」

「妳想不想要聲韻學筆記啊？」她爬上床，掀開棉被。「還是想要孤軍奮鬥，挑戰期中考呢？」

「……」

「我要吃排骨便當，記得了唷。」

阿菁的聲音，從棉被裡傳出來。

我很不爽地去書苑上工。

流年不利，今天特別倒楣，前一班的學弟才走沒多久，廠商就送書上門，他們說車子開不上斜坡，所以放在書苑前的樓梯下。

爬樓梯不能用拖車拖書，我得自己把它們一箱一箱地扛上來。

總共八大箱。

佛祖可憐我，我想我這一生，沒有比這個時候更怨恨自己的學校地勢高斜，處處都是樓梯的設計了。

十幾階的狹窄樓梯，現在成了我的奪命斷魂路。

又拽又推，還連帶罵著髒話，此刻我只想找個倒楣鬼來代我受苦受難。

女子無才便是德，而我有了點才、讀了間大學，現在居然要在這邊受折磨。

這就是天譴嗎？

雖然如此，我還是憑實力一次一箱地搬了兩三個箱子送進書苑，花了三十分鐘。

然後我決定停止這種可笑的勞力付出。

這個世界上總有待罪羔羊的存在吧？我站在書苑門口想著。

書苑的對面，就是學生來往、生意興隆的小吃部。我觀察著來往的人群，想要從中找幾張熟悉的臉孔，同學也好、學弟學長也好，反正，總是會有可利用的傢伙出現吧？

我很快找到自己的目標。

「學弟！」我對抱著便當的學弟招手。「過來過來。」

那是建築一的小蘿蔔頭，他們幾個，沒事常愛躲在書苑的小隔間裡吃便當。

「嗯？」可愛的學弟臉上露出疑惑的神色，但不疑有他地走近。「學姊，怎麼啦？有事嗎？」

我看著他的便當，問了一個笨問題。「你還沒吃飯啊？」

「對啊。」他呆呆地回答，「我在等人。」

「喔。」我想了想，「你等等有沒有課？忙不忙？我請你喝杯咖啡。」

「眞的嗎？」這笨蛋馬上中計。「我下午沒課啊，我很閒。」

「呵呵，太好了。」我立刻抓住他的外套。「學姊請你幫一個忙，你既然有空，就不可以不答應喔。」

「我？」學弟的表情很驚駭，他這時候想要找任何理由推託都來不及了。

「幫我把下面那幾箱書搬上來，搬上來我請你喝咖啡。」我指著遠處樓梯口的書箱說。

「不、不會吧！」學弟看到那堆紙箱，眼睛幾乎瞪凸出來。「不會吧？」

「當然會。」我說，順手接過他手中的便當，「搬上來之後我請你喝咖啡。福利社的A牌咖啡大減價，一罐才十塊呢，喝那個最划算了。」

「可、可是……可是我……」學弟的表情非常哀痛，他現在知道自己中了怎樣的詭計。

「別可是可是的了，你到底是不是男人啊？」我凶他，「是男人就給我去搬！話那麼多吵死人了。」

「那我、我的便當……」

「等你搬完紙箱再吃便當，還有咖啡當飲料。這樣的待遇不錯吧？」我好笑。

「別杵在這邊當木頭，快點幫我把東西搬上來，學姊在書苑裡面等你喔！」

坐在書苑裡，我打開電風扇吹了吹，涼風襲來，頓時所有的不快都煙消雲散。

我把學弟的便當放在櫃檯的抽屜裡，以免他趁我不注意的時候，私自挾帶「贓物」脫逃。

然而，便當的香味慢慢飄啊飄，飄進我的狗鼻子裡……嗯，排骨便當的味道實在不賴！

於是我當場下了另一個決定，相當奸詐的決定。

當可愛天眞又有點傻的學弟吃力地抬著第一個箱子，步履蹣跚地走進書苑大門時，發現我正愉快地吃著美味的便當——是他的便當。

「啊！」他大叫，手一鬆，整箱書摔到地上，「便當！」

「幹麼大驚小怪？」我臉色一板，馬上飆過去，「沒看過別人吃便當啊？」

「我、我……可是那是我的……」被我一凶，這可憐的孩子幾乎說不出話來，

「可是、可是……那是我的便當啦！」

「你還沒吃過啊，現在又不能吃，先給我好了，不然等一下便當會涼掉。」我振振有詞地說：「等你搬好了我再幫你買一個。」

「可是……可是……」

「可是什麼?笨蛋,你看你把書都摔到地上,摔壞了怎麼辦?這個很貴耶!」我沉下臉色。「這不是幾個便當就可以解決的問題,你想要我賠錢?」

「我……」

「好了好了,廢話少說,去把其他的箱子搬上來。」我故意忽視學弟的悲慘表情,「拖拖拉拉的,你這樣還能成什麼大事啊?」

坐在櫃檯前,我覺得很得意。老實說,我眞該是一個從商的料。

我愉快地看著學弟扛著一個比一個更重、更大的箱子走進書苑,心情輕鬆愉快。等搬到第三個箱子,這笨蛋終於撐不住了。

「哎唷哎唷,我好餓啦!」他對著剛吃飽、正在悠閒發呆的我喊著,「學姊,人家好餓啦,我不要再搬了。」

「這樣就不行了?你到底是不是男人啊?」我罵,「一點用都沒有。」

我一向知道男孩子的自尊心有多高,你可以罵他笨、罵他呆、罵他沒風度、罵他沒修養、罵他沒道德……就是不能罵他「不是男人」。這對他們來說,就像是在心上剜上一刀。

然後,他就要抓狂給你看了,他非證明自己「是個男人」不可。

學弟現在就是這種處境，其實，我很同情他。

穿過大門，我隱約看見他臉紅脖子粗地在扛著最大的那一個紙箱爬上階梯，情況危急，重心不穩地搖搖晃晃。

「笨蛋。」我一邊罵，然後衝出去。「笨蛋！你小心一點。」

「好、好重……」他漲紅著臉，「學姊，幫一下忙！」

我鑽過他身邊，從後頭撐住了箱子。「笨蛋，小心一點，不要往後退喔！」我警告他。

「嗯。」

有了我的幫助，他輕鬆多了，一步一步穩健地往上走。

「唉，一點用都沒有……」我在後頭咕噥，「搬個東西還要勞師動眾。」

「哪有，我……」這傢伙禁不起刺激，馬上回頭來跟我頂嘴。「我是……啊！」

紙箱重心突然後傾，我一下子撐不住，連帶著整個人都往後倒。

我想我這下子可慘，這樓梯說長不長，狹窄陡峭倒是相當危險。我可以想像自己頭下腳上地倒躺在階梯上，一整箱書壓在胸口上的慘狀。

胸口碎大石？

喂喂，這不是斷幾根肋骨、扭傷大腿就可以解決的問題啊！

我欲哭無淚，腦袋裡立刻浮現自己躺在醫院，全身上下打滿石膏如同千年木乃伊的畫面……

我常常想，也許人的緣分就是注定的，你總會在最適合的時候，遇到那個最適合的人。

感謝阿燦，他一生中，大概沒有比那個時候出現更令人來得感激萬分。

他從後頭推開了箱子，紙箱滾下樓梯，摔了個亂七八糟。

不過，他也擋住了我仰天後倒的衝力，我只感覺自己倒在一堵牆上。

「你白痴啊？」我好不容易站穩腳步，立刻對著前頭的學弟開砲猛轟，「想摔死我呀？叫你不要後退你還回頭說話，不想要命了你！」

「我……」學弟苦著臉，「我就是沒吃飯嘛！肚子很餓，沒力氣……」

「沒吃飯，當然沒吃飯！」我哼一聲，「這種表現誰會給你飯吃啊？」

「你們能不能等一等再討論吃飯的事情？」有個聲音從我背後傳來。「這些書該怎麼辦？一地都是。」

我沒好氣地回頭，「送進書苑啊，這不是廢話嗎？」

然後我就看到他。

我一眼就認出這傢伙。哇哇哇哇！就是他！就是他！

這個劇情比言情小說還唬爛，不過卻是事實。就是這傢伙，就是這傢伙早上在樓梯間抓到我光著腳丫晃來晃去。我想，我的下巴就要摔碎在地上了。

在我反應過來之前，學弟已經搶著衝下去撿書，嘴裡還連連道歉。

「學長學長，對不起。」學弟說：「抱歉，有沒有摔到你？」

「還好。」他說，扭扭手腕，也走下樓梯去幫忙。

學長？

我想了兩秒，好啊，原來他是建築系的。

「這箱東西實在不輕，你以後搬這種東西要小心一點。」那個學長說：「不要拿自己開玩笑。」

「我知道。」學弟回答，同時滿懷恨意地朝我瞄了一眼。

我立刻回了他一記更加凶狠毒辣的眼神。

「我幫你好了。」善良的學長說：「還有一箱呢。」

有了幫手，剩下的兩箱書也就順利地運上來了。

我清了個空櫃子，把那些新進的書都放起來，仔細檢查，看起來並沒有太大損傷，還是可以賣得出去，而且，我也不用賠錢了。

搬完新書，兩位「長工」靠在店門口的椅子上大剌剌地坐著。

「學姊，我要吃我的便當。」學弟喘著氣喊，「我要我的便當！」

我向來是個是非分明且態度明確的人，雖然有時候態度不佳，但心地絕對善良。

「別緊張，現在就去買來還給你，謝謝你幫我搬書喔！」我打開錢包，取出現鈔。

「我出去買，但你要幫我看店喔。」

臨出店門，學長老大說話了，「順便幫我買吧？」

呵呵呵，你算哪根蔥啊？居然敢叫老娘去幫你買吃的！我心裡這樣想，不過還是面帶笑容，客客氣氣地問，「好啊，你想吃什麼？」

「我要雞腿便當，」他掏出錢。「順便幫我買一罐奶茶。」

他倒是很習慣指使別人嘛！

可是我沒當場表現不耐煩，爲了顧全面子，也爲了答謝他方才的「救命之恩」，跑腿一趟也就算了。「好，你們等一下喔。」

但我人還沒走多遠……

「喂喂，記得便當裡要幫我加一匙辣椒醬！」他在我身後大喊起來。

這是我和阿燦第二次碰面。

當然這個時候，我們還不是朋友，我們連認識都稱不上。

我對他的印象只有簡單的幾句敘述：建築系、學長、看起來很有力氣、滿好說話的傢伙……還有，很會指使人。

除此之外，一無所知。

後來我知道這傢伙已經畢業好幾年，當完兵後在系上當助教。看他的外表，很難揣測他已經這樣「蒼老」，阿燦總是嘻嘻哈哈，聲音非常響亮，有時候大老遠就可以聽到他中氣十足的說話聲。

建築系系辦地理位置得天獨厚，從女宿到文學院，一定得經過他們的大本營。

當我認識阿燦之後，幾乎每天都會在建築系內外看到他。點頭應聲，或是簡簡單單的一個招呼，態度就像對待平常朋友一樣。

我們也沒有什麼需要特別交談的理由，事實上，有時候一天之內見面的次數多了，打招呼也變成一件厭煩而虛僞的事情。

我會當作沒看到他這個人，然後從附近的樓梯或出口趕快離開。

我並不像有些人那樣，很容易就能和周遭的陌生人結交、熱絡。對我來說，那是相當困難的一件事情。

我的自我防衛心相當強。

沒辦法，我眞的不擅長與人交際。面對熟悉的朋友，我會使盡全力耍寶、搞笑，但是面對外人時，就表現得生疏彆扭，像戴上了鋼鐵打造的面具，用最冷硬的姿態處世。

很多人在不認識我時，都對我有一種爲人嚴肅的印象，這些印象來自於報告、小組討論或開系會時的表現。他們會覺得我看來是那種不好親近的傢伙。

講話不留情面、不苟言笑，盡可能地把複雜的問題簡化，遇到任何事情都無動於衷、冷冷淡淡地應對。

但等到眞的認識我之後，通常只能用「絕對落差」來形容我這個人。

「落差太大、太大。」阿菁在某一次閒聊時對我猛搖頭。「妳不知道，聽說要和妳同寢室的時候，我們有多緊張。」

「有什麼好緊張的？」我說：「我又不是酷斯拉。」

「大家都傳言妳是凶神惡煞、標準的黑魔王啊！」阿菁說：「我們聽了好多妳的傳言，像是不給同學留面子啦、說話夾槍帶棒的，脾氣又壞，藐視師長……大家都對妳很頭痛呢。」

「我那個時候是有點氣焰太高，我知道。」我生氣地說：「可是也沒有到不敬師長的地步啊！」

「沒辦法啊，見識過妳在系學會上質疑經費支出的精采表演之後，這些傳言就更加眞實可信了啊。」

我開始翻白眼，「可是那次開會你們也很生氣吧，帳目上一堆問題、浮報的數字這麼高，大家不都在追問經費的流向？」

「但就只有妳一個人敢跳起來，對著會長拍桌子大叫：『你只要解釋疑點就好了，老娘管你什麼苦水滿天飛啊！』」阿菁忍耐地笑，「大家都嚇傻眼了，中文系開會，居然有這樣霹靂火爆的演出。」

「那是因爲他耍賴啊！」我不平地嚷嚷，「拿著一堆數據在那邊自說自話，根本就是把別人當白痴，眞要氣死我了。」

「可是妳是女生啊。」阿菁說：「女孩子不應該這樣子的。」

「哼，反正我知道妳們對我有偏見。」我嘟噥著，「我就知道妳們有偏見。」

「哎呀，妳搬進來之前大家是眞的很緊張、很擔心啦，可是，」她忍笑著說：「等到後來妳搬進來，有一天我發現妳跟小帆說笑話……」

「說笑話？」

「妳說妳是城市小孩，有一次去外婆家玩，第一次看見活生生的牛……」她先是拚命隱忍，最後實在忍不住，哈哈大笑起來。「妳說，第一次看見牛時，妳嚇了一跳，研究很久，然後對妳爸爸說了什麼？」

「那個啊！」我想想，自己也笑起來。「我說，天哪，老爸，這隻『狗』眞肥，牠頭上還掛了兩支角耶！」

「哇哈哈哈哈哈！」她笑得不支倒地。

「這有什麼好笑的嘛！」我有點不好意思。「我在城市裡長大，從來沒看過牛啊，我就是個城市小孩啊。」

「哎呀哎呀，反正就是笑死我了。」她繼續哈哈大笑。「後來我才發現妳很會搞笑，只是出了房門又是一個樣子。有時在系上看到妳，還有點不敢和妳打招呼呢。」

「我眞的有這麼雙面嗎？」

「差很多的喔，我比較喜歡在房間裡嘻嘻哈哈說笑的那個妳。」阿菁搖搖頭，「雖然我不知道爲什麼妳一直不敢表現出眞正的自己，但是我想，眞正的『妳』，比大多數人看到的『妳』好相處，也和善溫柔多了。」

「不都是『我』，沒差別啦。」我說：「而且，我已經習慣用那樣的表情去面對外面的世界了。」

可能是個性的關係，從小我就覺得最好不要把自己的眞感覺、眞性情表現出來。不知道爲什麼，我就是不願意讓別人看見我的眞實面。

我知道自己有很多張面孔，面對不同的人，就拿出完全不同的表情和態度。

這不是虛僞，而是保護自己的方法。

這個世界上到處都是有毒的刺，誰知道什麼時候、在什麼地方，我會被毒刺扎中？太過坦承地表現出眞實的自己，就會增加被傷害的機會。

戴上假面具，就算被刺中，別人也看不出我臉上的痛苦。

看不出來，就減少再受傷害的機會。他們以爲我不在乎、沒感覺，或甚至是沒刺中，至少，他們摸不清楚我的底細，所以無法再更深地傷害我。

這樣的想法，是成長過程中，不斷受到傷害之後所產生的應對之道。

只有成爲多面人，才能保護眞實的我，我對此深信不疑。

當然，因爲我戴著這樣的面具，所以也很難深入地接觸到旁人的內心。

剛開始，我也很猶豫，畢竟這是團體社會，人不可能孤獨地過日子，也需要跟別人接觸溝通才能存活。

人是群居的動物，這是無庸置疑的眞理。

但後來我發現，只要打開一小塊「禁區」，讓我准許的朋友、親人進入，就可以解決過於寂寞的問題。

我還是可以和外在聯繫，並生活在團體之間。

我開放我某些範圍的「自己」給外人了解，也了解「部分」的他們。

互相滿足，這樣就很足夠，沒有必要把自己赤裸裸地展現在他人面前，冒著被傷害、被刺、被戳、被試探的危險。

我把大部分的自我封閉起來，在安全範圍內展露自己，至於其他部分，我藏得非常隱密。

就像是穿了襪子的腳一樣，打死也不會露出來。

在阿菁面前的我，當然和其他同學面前不一樣。

她能看到的「我」，比一般人多，但，那也不過只是我多面化的一部分而已。

至於眞正的「我」……老實說，因爲太久沒出現，連自己都搞不清楚到底把它藏到哪裡去了。

也許不存在了吧，我想。

也許早就遺忘了。

遺忘也好，這樣我就不必擔心「眞實的我」會一時失控，突然跳出來。

戴著假面具過日子，其實也不壞呀！

後來有一次系上放電影，時間在晚上。

電影看完，時間已經有些晚了，在系圖書館碰到直系學長順便聊起天來，一開話匣子就是好幾個小時，說著說著已經過了睡覺的時間，直到凌晨時分才分道揚鑣，各自返回宿舍。

我好累，老實說，眼睛都快要睜不開了。

「聊天果然也是要花腦筋的。」我邊走邊喃喃自語。

從文學院回到女生宿舍，是一連串的上坡樓梯，我一向討厭走樓梯，寧可取道比較偏僻的上坡小路。

小路上沒有燈，夜裡山中起霧，暗色的深夜，濃霧之下，什麼東西都看不見。

四周一片寂靜，涼涼的夜風吹拂，帶來樹木、泥土的氣息。

這種自然氣味，在沁涼的夜裡，顯得非常清新、非常澄淨透徹。我每呼吸一口氣，就可以感覺到自己彷彿被泥土、樹木、野草、花、霧、夜……包圍起來，那是說不出來的滋味。

覺得自己有如被天地同化一樣，這個世界好像就在我胸口昭示著它的絕對存在，告訴我，我是多麼渺小的一個個體，而它，才是宇宙的主宰。

我可以感覺神祕、未知，還有自然的溫暖、愛、關懷。

這些感覺並不互相矛盾，反而奇異地調和，在我的呼吸間調和。

我簡直是呆住了，我停下腳步，閉上眼睛，站在坡道上，一口一口地呼吸著。那眞是說不出來的自由和舒服，說不出來的，只能感受。

這個時候我突然覺得好寂寞。

好寂寞喔。

我感受到這麼美妙的經驗，竟然不能與其他人分享。身邊沒有人能跟我討論這樣的感覺、這樣的感動，我是那麼孤獨的一個人啊。

阿菁在宿舍裡，想來現在應該已經睡了，我不可能立刻衝上樓去把她挖起床、拖出房間，讓她跟我一起感覺這奇妙的氣息。就算去把她叫起來，她也不能體會我想要表達的意思。

她可能會抓狂起來把我狠扁一頓，叫我立刻閉嘴滾回去睡覺。

她不能了解的，沒有人能了解。

沒有人能夠了解我在這個時候感覺到的一切，除了我自己之外，這個世界上，無人能和我身感同受，沒有人、沒有任何人。

我好寂寞、好寂寞。

我吃驚地聽見自己的心哭了起來。

「誰啊，誰來了解我吧，來了解我的感覺吧。」我的心哭著喊。

這樣的夜裡，它哭得那麼響亮、那麼大聲、那麼悲哀。

可是，誰也不會了解我，誰也不能理解我。

因為，在很久以前，我就把這樣哭泣的心掩埋起來了。

我實在覺得很悲哀啊，一個人這樣孤獨寂寞，卻又說不出來。

以前我常常聽到朋友說「因為寂寞所以談戀愛」這樣的話，當時我並不相信，現在卻可以體會這種感覺了。

嘿，寂寞這種東西，嚴重起來可真的是很要命呢。

至少我現在就感覺到這樣的要命。

四方寧靜、一片山氣氤氳，在這麼深的夜裡，這麼接近黎明的深夜裡，我想，萬物都睡了吧？

寂靜，讓我更覺得孤單。我一個人，站在這樣的靜默中，無言地哭起來。

剛開始只是掉眼淚，第一滴淚水沿著臉頰落下時，我真的是吃了一驚。

我不是個愛哭的人，尤其不在外頭哭。

戴了面具，要哭也不能放聲啊。

我很能忍耐的，無論在生活中碰到怎樣的挫折打擊，面對人的時候，我總是笑。

哭，是示弱，所以我不哭，從來不在外人面前哭。只有一次例外。

電話裡，我對那個傢伙痛哭。

我哭、我求，我像白痴一樣傷心欲絕，我把自尊放在他面前求他踩。但是我的眼淚並沒有喚回他，也不可能喚回他。

所以我發誓從此以後再也不要哭，不要再哭給別人看。

就算是在那段感情過度的時期，我也一滴淚都不流。有眼淚，就吞到肚子裡去，就算很難過，也要學著微笑。

這是我唯一的生存之道。

但是現在，我卻哭得像個小孩。我覺得很傷心，又說不明白是爲什麼，只是覺得心痛、寂寞和無助等種種感覺攀附在身上，只覺得自己如此脆弱，可憐又可悲。

心，是會痛的東西，我一瞬間明白了。

我痛得在哭呢，揮淚不止，用外套袖子拚命擦眼淚、鼻涕，最後乾脆蹲下來痛痛快快地哭個過癮。

身體裡面有另外一個「我」，正狂喊著自己好寂寞、好可憐、好痛苦、好累、好傷心又好疲倦……它掙扎著要出來，卻又害怕著。

我討厭這種自憐的感覺，卻又阻止不了心沒完沒了地墜落。拚命想要把那樣的感覺壓下去、抑制下去，可是誠實的眼淚卻不聽使喚，雙腳也無法移動。

我蹲在那條斜坡上，像瘋了一樣地痛哭流涕。

等到有力氣站起身，天色已經發白了，不知道自己到底哭了多久，只覺得一陣頭昏眼花。

天光微微映照，霧色更濃、更深邃，眼前只是一片白茫茫，淡淡的、伸手不見五指的白。

我站起身來喘氣，袖口濕透了，墨綠色的外套上留下深黑色的淚漬，我抬起手指想要擦擦臉上剩餘的淚珠。

「用這個擦吧。」

有一個人從層層霧中突然走出來，站在我旁邊，他遞出了一疊皺巴巴的衛生紙。

這個人，居然是阿燦。

我真的被嚇到了，結結實實地駭得半死。

「你……」我想我那瞠目結舌的表情，看起來一定相當可笑。

「拿去擦吧，」阿燦說：「用衛生紙擦眼淚比較好，袖子很髒呢。」

我沒接過他的好意，只是不可思議地看著他好半晌，腦中一片混亂，直想著：現在該怎麼辦呢？我該說什麼呢？這下糟糕了，這樣的狀況我該怎麼面對？

我頭痛得厲害。

「不用客氣，拿去吧！」他硬是把衛生紙塞到我手中。「盡量用沒關係。」

「我不用這個……我是說……我……」我胡言亂語地說了幾句，突然臉色一沉。

「你在這裡幹麼？你躲在這邊偷偷摸摸地看我哭啊？」

「沒有啊，我站很久了耶。」他一臉無辜地解釋，手指了一下附近的大樓。「我剛剛從教官那邊回來，本來想抄小路回系館，結果就看到妳在這邊。」

「那你幹麼不出聲？」

「是妳沒發現我呀，」阿燦說：「我想妳哭得這麼厲害，乾脆讓妳哭夠本吧，不好意思打擾妳。」

我氣得眼珠子都要凸出來了。

「謝謝你的善良。」我咬著牙說：「非常感激。」

「哭一哭，好一點了吧？」他笑了笑，霧色中，我聽見他輕鬆的笑聲傳來。「哭出來之後就好過多了，對不對？」

當然不對，我一個人，高興怎麼哭就怎麼哭，結果被別人看到，心裡會好過嗎？我怨恨地想。

「我送妳回宿舍，」阿燦說。「天都快亮了，妳還在外頭亂跑。」

「不必了，謝謝你。」我忍耐地拒絕。「我自己可以回去。」

「呵呵，說不定路上會碰到色狼呢。」他笑。

沒有比碰到你更讓我頭痛的事情了，我想。

「只有一點點路，」我刻意地加重語氣，「不、必、麻、煩、你。」

可是我的不悅，似乎無法讓他感覺到。「不行，我說要送妳就是要送妳。」他斬釘截鐵地說：「我可是循規蹈矩的助教喔，放心，不會對妳怎樣的，我保證不對妳毛手毛腳。」

這不是毛手毛腳的問題！媽呀，我是看你就煩啊……我內心大喊著，可是一句話也說不出口，只好轉身就走。

他跟在我身後，亦步亦趨地尾隨著。

「我請教妳一個問題好不好？」快靠近宿舍大門時，他突然說話了。

「什麼？」我不耐煩地說。

「妳啊、妳啊，是不是很……嗯……」他猶豫地哼了幾聲，「我是覺得，只是推測而已喔！只是推測。我想……也許啊……」

「到底你要說什麼啦？」我停下腳步，轉過頭去瞪著他，「你能不能明快果決地說話啊？」

「我是說，」他想了想，然後深吸一口氣。「我是說，妳是不是很討厭我啊？」

「啊？」我又被嚇了一跳。

這個傢伙，怎麼老是會說出或做出一些讓我手足無措的事情呢？

「是不是，」他專心地看著我問，「妳是不是很討厭我？」

當然啦！我心裡想著，你這個超級討厭的傢伙，每次碰到你都沒好事發生，這叫我怎麼高興得起來呢。

可是當然我不會這樣回答，禮貌嘛！禮貌上我當然不能這樣說。而且對方是助教，在我看來，等同於半個老師了。雖說他跟我的系所不同，但是尊師重道的觀念，我最起碼還有一點。

「不會啊。」我淡淡地回答，「我不會討厭你啊。」

「眞的嗎？」阿燦疑惑地皺起眉頭，「可是我覺得妳討厭我。」

廢話，那是當然的啦，我當然討厭你。

「一定是誤會。」我冷靜地說：「好好的，我幹麼要討厭你？」

「那爲什麼妳每次碰到我，就算跟我打招呼，眼睛也不看我？」他說：「妳好像不喜歡看到我。」

我覺得頭皮發麻。「這是我的習慣啊，我不喜歡直視別人。」

「眞的嗎？」

「眞的啦眞的啦。」我趕緊澄清。「這是我的壞習慣，眞的不是因爲討厭你，所以……不要亂想啦。」

他無言地想了幾秒鐘。

我無措地低頭瞪著自己的鞋子，擺出誠實的樣子，希望他聽過之後能就此罷休。

「老實說，」阿燦再度開口，「剛剛妳說的我一點也不相信，我覺得，妳、就、是、討、厭、我。」

去、去你媽的！

我聽見自己嘴裡無聲的詛咒。

「好吧，你要不相信那我也沒辦法。」我放棄似地攤手，「我實在不能和一個無法溝通的傢伙解釋這種問題，我說什麼你都不接受嘛！」

「是因爲妳在說謊啊。」他說：「妳明明就很討厭我，卻又死不肯承認。」

「我哪裡討厭你啦？」我有些生氣。做人不應該這樣的，就算明知道是欺騙的，也不要這麼直接說出來啊，這要我怎麼應對啊？但嘴上我還是死不肯認帳，「你是不是有疑心病？怎麼那麼固執啊？」

「妳當然是在說謊，妳很會騙人呢，」阿燦說：「看妳的眼睛就知道了。」

眼睛？眼睛？我的眼睛？

我現在眞恨不得趕快溜回宿舍，找一面鏡子來仔細檢查自己的眼睛。人家說「眼睛是靈魂之窗」，或許眞有點道理，否則，他怎麼看得出來我是在說謊？

我向來是說謊高手，爲此還挺自豪的。

說謊，對我來說不過是一個生活技巧而已。小小的謊言，可以讓我過得更好，可以從容應付許多麻煩。

有時候，我甚至懷疑自己到底是不是在騙人，因爲做戲做得太眞，連自己都被迷惑住了。

像現在，當我告訴阿燦說我「不討厭他」時，在另一方面，我已經調整好自己的心態，做出一副被他反覆疑問而激怒的表情。我用表情，讓他知道他提出的是一個多麼可笑的問題。而這個問題已經質疑到了我的人格，爲此，我滿懷憤怒。

這樣的表情、這套方法總是屢試不爽，騙倒了很多人，我也一直套用不誤。

但是現在，這傢伙居然說我在欺騙……

「你對每個人都這樣？」我改變話題，決定避開說謊或欺騙之類敏感的問題。「你會對每個人都問這樣的問題，什麼『你討不討厭我』之類的……」

「不會啊，」他老實地回答，「我只會對討厭我又說謊的人提問。」

「……」我說不出話來。

「妳討厭我嗎？」他繼續追問，「討不討厭我呢？」

我簡直想一棒把他打昏，挖個洞活埋了他。

「我爲什麼要回答你？」我氣得胡言亂語，「就算眞的討厭你那又怎樣？」

「果然是這樣。」他開始微笑。「我就知道，妳討厭我，而且還滿嘴謊言。」

我發誓，如果我手上有什麼利刃之類的東西，絕對會往他身上招呼過去。

可是我沒有。

退而求其次，現在我只想擺脫他，和他那些無聊的問題。

「我要進宿舍了。」我冷冷地說：「晚安，謝謝你送我回來。」

「可是我問題還沒問完，」他有點著急，「妳不能這樣就落跑啦。」

「我該睡覺了，下午還有課。」我說：「什麼問題都請等到我有空再說吧。」

「可是我……」他著急地想要拉住我的袖子。「喂！」

嘿嘿，我甩也不甩地扭頭就走。管他什麼天大地大的鬼問題，現在我最需要的東西就是休息。我一定要把剛剛的事情在睡夢中都忘光光、忘光光，忘得乾乾淨淨毫無介懷。

這臭傢伙，我再也不想碰到了。

我一覺沒睡好，再醒來時已經是中午。

阿菁聽見我翻身坐起來的聲音，從書桌上抬頭。「醒啦。」

「這不是廢話嗎？」我揉揉眼睛，「喂，現在幾點了？」

「快十二點了唷，妳也該起床了，下午不是有課？」

「對啊，詞選。」我搖搖頭，「碰」地一聲倒回枕頭上，在床上扭來扭去。

「喔，我眞想蹺課算了。」

「妳上個禮拜也沒去上詞選呢，別太離譜了喔。」她提醒我。「對了，我聽妳上次說這週要交作業，寫完了沒？」

「作業啊，嗯，作業，嗯？」我在睡意矇矓間反覆唸了幾遍這個名詞，「作業……作業——啊！」

「看來是還沒寫。」阿菁老神在在地說。

「媽呀，我要交作業！」我從床上翻身起來，動作迅速地跳下床。「我死了我死了，還沒寫作業！」

「看妳天天忙著玩電腦，會寫才有鬼呢。」她幸災樂禍地。

「哎唷喂呀，妳還在旁邊給我笑？」我喃喃自語地唸著，抓起書架上的書猛翻。

「沒看到我很痛苦嗎？」

「哼，誰叫妳之前都在混呢。」阿菁不爲所動地冷笑。

朋友本是同林鳥，大難來時各自飛，還不忘記潑對方冷水……太過分了，我受傷好重！

我知道這一週要交的是一篇報告，大概兩千字左右。

從書架上找出從圖書館借來的參考資料後，我比較安心了。不知道是哪個老師說的，「寫報告之前，如果找到你的書，就成功了一半」。

至理名言，我完全同意。

現在我已經成功了一半，剩下的另一半就是要把這本書讀過一遍，然後重新組合，製造出長度約兩千字左右的報告就好。

我在書桌前正襟危坐，眼觀鼻、鼻觀心地讀著書，把所有的文字全都塞進腦袋。至於塞進去之後要怎麼寫，那就是運氣問題了。運氣好，找到一個好的立論點，兩千字信手拈來絕不成問題。運氣不好靈感不對，那就算要掰出兩個字都有困難。

我草草讀完了書，有了個大概印象後就攤開稿紙振筆疾書。

詞選課的教授年紀大了，脾氣有些古怪，他不喜歡學生用電腦打字印出一疊整整齊齊的報告，他認爲這樣的報告沒有「人氣」。

所以修他這門課的學生，無不乖乖拿起紙筆用寫的。

對我來說，這眞是一個壞消息。畢竟已經很熟悉操作電腦的我，打字的速度遠比書寫快得多，也順暢得多。

要我拿筆一筆一畫地在紙上刻字，腦袋裡的東西早就不知道飛到哪去了，更別提把它整理成報告寫出來。

不過，還是得感謝老師大發慈悲，沒要我們用毛筆寫那蠅頭小楷。那樣的要求，才眞的會逼死人呢。

「喂，妳該上課去了！」阿菁是個活鬧鐘，她的生理時間和中原標準時間精確對時。「動作快一點，免得遲到。」

我看看時間，果然是快到上課時間了，而桌上的報告才完成不到一半。

我決定先趕到教室去，搶佔靠教室後面的位置，趁上課時間把剩下的報告寫完。

「那妳得動作快。」阿菁很有經驗地警告。「一定有很多人像妳一樣，死到臨頭才想到要趕報告，今天後排位置會很搶手喔。」

這是智者的經驗談！

我換了衣服，匆匆抓著背包出門了。

趕到教室之後，我順利搶到位置，於是低頭繼續猛寫。

老師的習慣我很清楚，他總要求在下課前把作業交齊，如果此時不交，也就不必再交了，明年請早，重新選課吧。

教室中早來的幾個人，各踞桌子一端，埋頭拚命，想來原因也和我一樣。雖然滿心無奈，不過，像我們這樣總是臨陣磨槍，把每件事情拖到最後一秒才火燒屁股的傢伙，是沒有資格抱怨的。

接下來的課堂上，老師到底在說些什麼，我是一個字都沒聽進去。我的右手拚命寫，寫了什麼自己實在也不清楚，只知道一些名詞和單句不斷地重複出現，中間還摻雜了更多目的在於灌水的字眼……總之，下課前，我終於成功把兩千字報告生出來了。

薄薄的幾張稿紙，寫得我眼淚都要流乾，手痠得不得了。

但終於寫完了！這個世界上，果然沒有什麼叫做「不可能」的事情啊。我頗爲得意地想。

下課鐘響前，我把報告又檢查一遍，確定沒有錯字後，裝訂起來。

抬起頭，台上的老師仍然專心地自言自語著。他說話沒人聽得懂，也沒人想聽懂，大家都在底下奮戰，努力完成作業，根本不曾抬頭瞧他一眼。

我有點同情老師，但又有點驕傲自豪，畢竟現在我寫完了報告，「身分」就和這群還在兩千字裡怨聲載道、苦苦掙扎的傢伙們相去甚遠了。

然而當我顧盼自若，心情愉悅時，卻發現教室門口站了一個熟悉的人影，也正顧盼自若地晃來晃去。

然後我的腦袋突然痛了起來……

中場下課時，我趴在桌上裝睡，因爲我怎樣都不想出去和這傢伙照面，一點都不想！我希望他最好有自知之明，趕快給我滾蛋，不然等我抓狂起來，大家走著瞧。

可是我輕忽了這人的臉皮厚度和他神經的遲鈍程度。

因爲當他發現我準備趴在桌上休息時，竟然乾脆直接走進教室裡來！

「嘿。」他拍拍我的腦袋。「起來起來。」

我忍耐著，不想在眾人面前跳起來揮拳，「幹什麼啊？」我裝出很慵懶的睡意。

「對不起，我昨晚沒睡飽，有什麼事情晚一點再說好嗎？現在要補一下眠。」

我偏過頭，又閉上眼睛。

「妳眞的很累嗎？」阿燦猶豫了起來，「那我現在不吵妳了，下堂課再來，妳好好睡吧。」

媽的，你居然還敢再來？我眞恨不得現在就把他從窗口扔出去。

我聽到他的腳步聲離開教室，然後抬頭坐直身子，開始思考脫身的計策……

碰到這個人了，他很煩，但我也說不出來他是哪裡讓我煩。

我想，我這個人可以說是虛僞的結合體，面對不同人，就能適切地擺出不同表情、笑容和語言。

總之，我盡量做到讓大家都高高興興的地步，不管對方再難應付，我也總是遊刃有餘。雖然，我也不是能做到百分之百完美，至少每個人都對我的表現很滿意。

反正我求的也不多，只要大家都相安無事就對了。

只有這傢伙破壞了我的平靜和安寧！他是第一個敢直接對我說「妳騙人」的渾球。

太直接了，我實在覺得這傢伙的表達方式太過直接，直接到我無法用那些既有

「招數」去應付，直接到讓我手足無措。

眞對不起，但我討厭這種人，因爲我不知道該如何面對他。

然而這一切都很可笑，爲了什麼我要煩惱他呢？無論阿燦再難應付，他也沒給我製造出什麼傷害或麻煩呀。充其量只是……每當我看到他的時候，就會有種快要腦充血的感覺而已。

厭惡、討厭、煩惱……還帶了一點點恐懼。

恐懼什麼啊？我生氣地想，我這個人天不怕地不怕，不敢說非常能幹，但至少很懂得做人。在外頭進退應對什麼的，分寸拿捏得非常好，又有什麼好怕的？

大不了跟他玩一下迂迴手段就好了，說眞的，這一招我最拿手、最擅長了呀！可是爲什麼每次碰到他的時候，我好像都覺得自己有無所遁形的感覺呢？

「啊哈，我就知道妳又開始想溜了！」

現在我在文學院一樓，準備要繞遠路穿過圖書館、機械系，返回女生宿舍。我實在不想冒風險穿過建築系，不想再、看、到、他、了。

可是當我走出中文系系館時，就看到那個陰魂不散的傢伙，大剌剌地站在一樓大廳中央。我眞的想要殺他了，而不是只藏在心底罵罵而已。

「我就想，妳大概會要從這邊走，」他好像完全察覺不到我的想法，「這裡是唯一能避開我的路。」

我氣得冷笑。我也不知道自己爲什麼要笑，說眞的，我應該是很想親手掐死他才對。「學長，您眞是天才。」

「當然啦，」他眨眨眼睛，「因爲我很聰明呀。」

「我要去圖書館借書，」我忍耐著應付他，「借過好嗎？」

「不要，嘿嘿。」他說：「我還要問妳問題呢！」

「我沒必要作答吧？」我說：「麻煩請讓開好嗎？」

「那妳告訴我，是不是討厭我啊？」他說：「妳只要告訴我答案就好了，不用講理由。」

「問這種問題很沒意義，你知道嗎？」

「對我來說有。」他堅持。

「有什麼意義？」

「我想知道，爲什麼我的朋友會討厭我。」他理所當然地說。

我愣了一下，「我不是你的朋友……我……我的意思是說，我覺得我們根本算不上是朋友吧？」我慌慌張張地對自己的用詞辯解著，「頂多只能算是認識、點頭之交，嗯？這也可以稱得上是朋友沒錯……但是……嗯，可是程度不同呀！」

對啊，對我來說，他根本不能算得上是朋友。

我急躁地想要表達我的意思，胡說八道似地講。

「可是妳討厭我。」他仍然冷靜地說：「我知道妳討厭我。」

「對，對，我的確討厭你。」這下子我眞的忍耐不住了。「我討厭你又怎樣，你能拿我怎樣？」

瞬間，我情緒失控了。

眞討厭，這個傢伙實在是太討人厭了。我不想說的話、不想被看到的事情都被他看到、逼出來了，天底下有這麼噁心的事嗎？這種感覺，實在令人厭惡透頂。

他的眼神，每次碰到都會讓我有無所遁形、逃不掉了的感覺。

我討厭這樣的人，非常討厭，但是這傢伙卻一直糾纏著我，躲不開也踢不掉。

哈囉，請問，還有比這個更沒天理的事情嗎？

我氣得簡直在胡言亂語，我那值得自豪的自制力、忍耐力、控制力和虛僞、騙術都無從用起，它們好像都不存在了似的。一瞬間少了這些，彷彿頓失依靠。

我狠狠地跺了跺腳，然後轉頭就跑。

回到宿舍，空蕩蕩的房間裡沒有半個人。

我想室友們八成都趁下午的空堂，離開學校下山去玩了，心中實在鬱卒得厲害。

坐在書桌前，我習慣性地按下電腦的power，在一陣嘰嘰嘎嘎之後，連線上學校BBS站。

上BBS對我來說，已經成爲例行工作。我是這個站的少數負責人之一，每天都得固定上站，處理站務和板務問題。

我的朋友們都知道，如果有什麼急事需要立刻通知我，再沒有比寄信到BBS更容易、更能迅速與我聯繫的方法。

因此，我的信箱經常維持在「有新信」的狀態。

而我每天每天每天，都得花上不少時間在回覆各種信件上。

今天當然也不例外，一登入系統，紅色的閃爍訊息，告訴我信箱裡有信。

打開信箱，照例是幾份抗議、抱怨和投訴的信件。

我一一回覆、處理，把幾個罵髒話的使用者停權、封鎖幾條大量寄廣告信的ＩＰ、審理板主申請和退職、開了兩個連署通過的新討論板，最後做出公告，開始修改剛提報的bug。

我不知道別人感覺如何，但是對我來說，ＢＢＳ早就失去初玩時的新鮮感，在我眼中，「它」只是一個略顯沉重的負擔。

當同學們正沉迷於talk、傳訊和認識新網友時，我正煩惱著系統、轉信的不穩定。駭客老拿我們當試驗平台，還有使用者良莠不齊造成的風氣還有板主無法解決的紛爭問題……等等的大小事。

對其他人來充滿趣味的ＢＢＳ，對我來說卻漸漸喪失了樂趣。

發出幾則公告後，我在各板上隨意亂逛。沒多久，螢幕上又出現「您有新信」的訊息。

我嘆氣，退離版面重新進入信箱區，想也沒想地就直接看信。

作者　bugmaker（請稱呼我「學長」）
標題　我要問問題
時間　Wed Oct 7 15:30:25 1998

曉霜學妹：

妳不要隱身嘛！我有問題要問妳呢。

學長燦

看到內容，我當場就傻眼了！

嘿，這小子怎麼會知道我在站上呢？我一直都使用隱身功能，普通使用者是不可能看得到我的。

「喔……一定是他看到我剛剛貼的公告，所以立刻發信。」我想了一下，很快做出判斷。爲今之計，就是不要回應，讓他以爲我下線去了。

我打定主意，快速地把信件刪除，然後回到版面上繼續閱讀文章。

但沒多久，下一封信來了。

作者　bugmaker（請稱呼我「學長」）
標題　不要裝死
時間　Wed Oct 7 15:35:49 1998

曉霜學妹：

裝死是不道德的，我知道妳還在站上喔。

學長燦

有幾秒鐘的時間，我滿腦子在認眞計畫著是不是要送一些狠毒的病毒，炸爛這傢伙的電腦？

或是關閉他寄信、貼新文章和聊天的權限？

或是砍檔、封鎖他上站的ＩＰ？

或者……乾脆把建築系的網路連線完全封鎖！

當然，這些行動我只是心中想想，並沒有付諸實行，無論如何，我都是一個還算有自制力的網站管理員。

而且，這些報復行動都不能解決問題。

我猶豫是不是要回信給他，或是現身出來給他一個回應？可是這樣做，感覺起來好像我得跟他低頭、屈服這傢伙的脅迫。

他雖然沒有什麼實質上的威脅，但是看到他寄來的信件，我老湧起一股想殺人的衝動。

我考慮了一下，非常猶疑不定，第三封信就又送來了。

作者　bugmaker（請稱呼我「學長」）
標題　妳被包圍了
時間　Wed Oct 7 15:40:25 1998

曉霜學妹：

棄械投降吧，妳逃不掉的，束手就擒，快點出來吧。

坦白從寬，抗拒從嚴啊！

學長燦

如果用一到五分表示我的憤怒程度，我猜，我已經破錶了！

我火冒三丈，熊熊烈焰幾乎無法控制地燒上天……但是，我不打算屈服。

身爲什麼「長」字輩的人，或多或少都會有一種死不肯認輸的驕傲，我也是這樣。在自己主宰的站上，怎麼能被一個使用者騷擾？他算老幾啊？現實生活中，旁系助教跟我毫無交集，平時敷衍一下也就罷了，但在網路上，我根本不必要勉強自己去跟不樂意認識的人打交道。

怎麼想，都覺得臉上無光。別人不知情就算了，我自己想起來會覺得很嘔，實在不爽。

但是，如果他再寄信來，我該怎麼應付呢？

我想我可以繼續置之不理，採用最爛的「牆壁大法」，見到一封信就砍一封，不聞不問，不給反應，時間久了，釘子碰多了，就不相信這傢伙還有力氣再繼續轟炸我的信箱。

我考慮了幾秒鐘，然後一不做二不休，乾脆立刻下站離開。

至於修改bug之類的工作，反正任何時候都可以進行，不急於一時。

我播放mp3，悠悠哉哉地泡了杯茶、連線進入別處的BBS站，繼續瀏覽文章。

十月的午後陽光從窗外安安靜靜地晒入室內，在地板上留下光亮的印子……

阿菁回來時，我早趴回床上午睡了。

「喂，妳……同學！曉霜、陳曉霜同學，給我起床！」她爬到床上來猛力搖晃我。「起來一下！」

「哎唷！」我不耐煩地翻身，把腦袋藏進棉被的更深處。「我在補眠啊。」

「等一下讓妳補個夠，但妳現在最好起來，」阿菁說：「我跟妳說件事情。」

「幹麼啊？」我一面揉眼睛，一面打呵欠。「我才睡沒多久呢。」

「我剛剛回來的時候碰到筱眉，她說妳的信箱無法收信，」她說她把小組報告的摘要寄給妳，結果系統說妳的信箱無法收信，是不是爆掉了？」

「不可能，」我迷迷糊胡、口不擇言地說：「絕對不可能，我自己設定信箱上限是三百封，怎麼可能爆掉。」

「上次妳看信的時候，有幾封信？」

我瞇著眼想了兩秒鐘，又看了一眼鬧鐘。「一百多一點，三個小時之前的事。」

「那妳最好檢查一下，筱眉說她送了三次信，系統都說妳的信箱掛了，後來她改寄到工作站給妳。」

我甩甩頭，一陣昏眩地爬了下床。「不可能、不可能，一定是她弄錯了。三個小時內我的信箱就會爆掉？今天學校又沒發生暴動，哪來那麼多信……」

「最好是這樣。」

雖然我不相信，但還是爬下床，打開電腦，揉著惺忪的睡眼，無奈地連線上站。一上站，「您有新信」的紅色通知就像是拉警報一樣地閃來閃去。

「眞的有信耶。」我喃喃自語地說。

但這個時候，我還是打死不相信筱眉說的話。

大概是系統出現bug吧，我想，乾脆這次整個換系統吧，這個程式一直都不穩定，老是出問題，眞讓我煩不勝煩。

畫面跳進信箱，最後一封信件的編號，讓我的眼鏡幾乎摔爛在地板上。

「三百二十三封！」我大叫。「我的信箱裡居然有三百多封信？」

這也難怪筱眉的信件寄不進來了，根本是任何人都沒辦法把信件寄進來，因爲我的信箱已經爆炸了。

我快速地檢視了一遍所有的新信件。

令人甘拜下風的是，這兩百多封信件全是同一個人寄來的——bugmaker。

作者　bugmaker（請稱呼我「學長」）
標題　妳很堅持喔
時間　Wed Oct 7 15:50:31 1998

曉霜學妹：

妳很堅持喔，那我更堅持，出來出來，不要當烏龜。

學長燦

作者 bugmaker（請稱呼我「學長」）
標題 不要不看信
時間 Wed Oct 7 15:54:13 1998

曉霜學妹：

不要不看信，妳以爲躲得掉嗎？

我只是要問妳問題嘛！

學長燦

作者 bugmaker（請稱呼我「學長」）
標題 為什麼不理人？
時間 Wed Oct 7 15:59:16 1998

曉霜學妹：

爲什麼不理人？妳還在嗎？在生氣嗎？

學長燦

作者　bugmaker（請稱呼我「學長」）
標題　很無聊
時間　Wed Oct 7 16:06:07 1998

曉霜學妹：

好無聊，妳到底在不在？

學長燦

作者　bugmaker（請稱呼我「學長」）
標題　一定在
時間　Wed Oct 7 16:12:45 1998

曉霜學妹：

我知道妳一定在，出來！妳以爲隱身就能躲避我嗎？

問個問題而已嘛！

學長燦

作者　bugmaker（請稱呼我「學長」）
標題　請妳喝咖啡好啦
時間　Wed Oct 7 16:15:07 1998

曉霜學妹：

好啦，我請妳喝咖啡好不好？
妳回個信嘛！回信我就請妳喝咖啡！
很好喝的咖啡喔，我說眞的。

學長燦

這樣的信件，灌飽了我的信箱。
我不知道該說佩服還是該罵髒話，一邊看信，一面覺得好笑。
阿燦的信件寄了大約百封之後，也許是確定了我不在，也就不多詢問，演變成了無意義的灌水。

作者 bugmaker（請稱呼我「學長」）
標題 跩屁了
時間 Wed Oct 7 17:42:33 1998

曉霜學妹：

妳眞是跩屁了，比我老師還跩說。
可是我崇拜老師，不崇拜妳唷。
不要太傷心，呵呵。

學長燦

作者 bugmaker（請稱呼我「學長」）
標題 等下班
時間 Wed Oct 7 17:45:32 1998

曉霜學妹：

這到底是我寫的第幾封信啊?我想妳一定已經下站了吧。

我在等下班說，今天被主任狠刮呢，眞是慘兮兮。
下班之後我還會在系辦，晚上要放電影喔，來看電影吧！

學長燦

作者　bugmaker（請稱呼我「學長」）
標題　討厭我
時間　Wed Oct 7 17:50:18 1998

曉霜學妹：

妳一定很討厭我吧。
我好可憐喔，被女生討厭。

學長燦

作者　bugmaker（請稱呼我「學長」）
標題　還沒回來？
時間　Wed Oct 7 17:55:43 1998

曉霜學妹：

妳還沒上站看信喔，那等妳看到之後一定會昏倒的。

嘻嘻嘻，嚇死妳喔。

終於快下班了，今天老頭子加課，整死大家了。

學長燦

作者 bugmaker（請稱呼我「學長」）
標題 灌
時間 Wed Oct 7 17:56:04 1998

學妹：

灌水信，灌爆妳的信箱。

哇哈哈哈哈哈哈哈哈哈哈哈哈。

學長燦

作者　bugmaker（請稱呼我「學長」）
標題　水
時間　Wed Oct　7 17:58:33 1998

學妹：

不要懷疑，這些都是水。

學長燦

他最後一封信是在五點五十九分發出的。

作者　bugmaker（曉霜不理我 :~）
標題　不行了
時間　Wed Oct　7 17:59:57 1998

學妹：

我要下站啦，沒力氣再寄信了。（我好像快把妳信箱灌滿了說。）

晚上建築系有放電影，我會在系辦念書到十點。

妳，要不要來喝咖啡？我自己泡的喔，大家都說很好喝。

眞的喔！

我不逼問妳了啦，不要生氣呀！

學長燦

我這個人，心地相當善良，做事有始有終，看完所有的信件後，我把它們全部都清除了。

然後我進入sysop板，發出公告。

作者 linwings（曉霜） 看板 sysop
標題 〔公告〕停權 bugmaker
時間 Fri Oct 1 19:53:22 1998

即日起停止使用者 bugmaker 之一切權限。

懲處原因：大量寄發灌水信，騷擾站務人員。

Sysop

我一邊貼公告，一邊冷笑。

這下子，就讓他知道好受了。

接下來的一週左右時間，我沒有看到阿燦。

ＢＢＳ上也是杳無音訊，我想，這傢伙大概受到教訓了，知道我不好惹。爲此，我有些得意。

但除了得意之外，心裡多少有點惴惴不安。

而且，我還挺失望的。

原以爲這笨蛋會跟我直接吵起來、換個ＩＤ再來鬧場、在板上爭執什麼的，這樣至少滿有看頭，也讓我更理直氣壯。

結果，他一聲不吭地退讓，反而讓我覺得自己有那麼一點點過分了。

也許他不是故意的呢，我想，他可能只是圖一時好玩，才拚命寄信跟我鬧。

我有點不安，雖然公告已經貼出去，而且我向來不改動自己的決定，不過，如果他來道歉的話，我想我會「寬大爲懷」地接受。

但是，他並沒有任何道歉。

我想我們的交情大概也就吹啦。反正我們之間本來就沒多少友誼可言，對我來說，有沒有這樣的「點頭之交」，根本毫無差別。

點頭也是要費力氣的呢，我告訴自己。

雖然有時想起來，總覺得自己好像有一些些小過分，可是，並不後悔。

干我屁事呢，誰叫他要惹我！

一切都是他的錯，我的脾氣本來就火爆霹靂，是他要惹毛姑奶奶我的喲，活該。

當助教就比較厲害嗎？這樣惡意灌爆我信箱，無聊不無聊？就算是校長我也要照規矩來處置。

我跟自己這樣解釋著，然後覺得稍微安心。

然後就過了一個月。

我恢復原來上課時的路線，照樣每天大剌剌地穿過建築系。

一切都沒什麼改變。

唯一讓我覺得不太習慣的，是少了阿燦的大嗓門。

這傢伙好像一夜之間就消失了一樣，無聲無息、不見蹤影。

少了他的笑聲、說話聲，建築系館感覺空蕩許多。

這只是我個人的感覺，當然，我沒有和任何人說起。

這傢伙到底跑去哪裡了呢？我實在想找個人問問，卻又不太願意。其實要問還不容易嗎？隨便抓個學弟聊天，套套口風就是了。

只是問題在嘴上打轉了幾圈，然後又吞進肚子裡，我一個字也說不出來。

後來我就放棄了。

算啦，就當這傢伙不見好了，反正他不在我才樂得輕鬆，免得又被逼問那些「討厭不討厭」的問題。光想到都頭疼，煩死了。

我慢慢地就淡忘掉他的存在，遺忘，是一件很容易的事情。

對我來說，阿燦不過就只是我生活中的一個偶然插曲，他無足輕重，對我來說根本不會構成任何影響。

我繼續過我的日子，在作業、報告、老師和同學之間打轉，網路的工作、書苑的工讀……算不完的瑣碎。

我以爲之後跟他就毫無瓜葛了，但是事實不然。這個世界，總是照著我們所希望的相反方向行進，而且喜歡給人出奇不意的驚喜。

喔，不……用「驚喜」這兩個字實在不夠貼切，應該說是「驚嚇」吧！

總之，一個月左右之後的某天早上，當我愉快地踏上樓梯、步入建築系館的大廳時，就聽到了一陣再熟悉不過的笑聲。

「哇哈哈哈，對呀……」

有個可笑的傢伙，一手撐著枴杖、一手包著石膏，口沫橫飛地在和旁邊的人說些什麼。他大剌剌地擋在電梯門口，每個出入的人都進退不得。

然而令我注意的不是他的枴杖、石膏手臂，而是他頂著的那顆又圓又亮的光頭。

那真是一顆青亮的光頭，寸草不生，頭上還戴著硬紙板做成的皇冠，上頭用螢光粉灑了幾圈做裝飾。

看起來真是……驚人！

我站在門口端詳了好一陣子，心裡有點讚嘆。

敝校建築系相當有特色，學生以愛搞怪著稱，雖然是同一個學校，但這個系的學生實在和其他系所不大一樣，特立獨行得厲害。

我見識過他們怎樣「蹂躪」自己系館牆壁，黏上碎玻璃、養樂多瓶和吸管，然後說這是「前衛而流行」的設計。

校園舞會上，要不是男生頭戴發亮的燈泡，就是女孩子穿著用海報紙做成的長裙，一面跳舞、一面灑花瓣。

總之，也許是因爲這個系的系風特別開放，他們的行爲，有時候眞有點令外系吃驚，尤其是以保守低調著稱的中文系。

就像這顆光頭。我就不相信，中文系的男生沒事時，會心血來潮地去剃個大光頭招搖過街，他們不敢、不願意、也不能。

剃光頭就算了，但他還戴著一頂灑螢光粉的皇冠，生怕沒有人不注意自己似地在眾人面前招搖，堂而皇之地走來走去。

這人的下一站，大概是精神療養院。

我很敬佩地多瞧了這光頭小子幾眼。看來他在建築系的知名度頗高，幾乎每個經過的人都會和他招呼幾聲，或頑皮地摸摸他那光亮的頭皮。

他也不以爲意，反而很高興，還搖頭晃腦，笑聲不斷。

我看這小光頭的模樣，忍不住覺得好笑。

看著他，我有點感受到「自由」是怎樣愉快的存在，「表現」又是怎樣令人驚喜的事情。

我忍住笑，邊想從他旁邊鑽進電梯。

「對不起，」我低聲、不正面看他地開口借路，「借過一下。」

「早安，中文系的潑辣學妹。」他說：「好久不見了唷。」

聽到他的聲音，我猶疑了一下，然後錯愕地抬頭，瞪眼看他。

天啊……又是這傢伙！

「你！」我喊，「你怎麼——」

「哇，妳好驚訝的樣子，」他高興地笑了。「是不是覺得不可思議啊？」

「你、你……」我瞠目結舌地瞧著他，「你怎麼會在這裡？怎麼會是你！」

我感覺到腦袋又隱隱約約地疼起來，這一個月來的平靜，讓我曾以爲這種異樣的痛感不會再出現。

「你的頭……」我喃喃自語，「你的那顆頭……」

「哈哈哈，我剃了個大光頭喔，現在隨時都可以準備出家了。」他很得意地說：「看起來更帥了吧，對不對？」

我能說不對嗎？

「能碰到妳，運氣眞好耶，我有問題要問妳呢……」然後，他就說出了打死我也不想再聽到的廢話。「下午有空，喝杯咖啡吧！」

我發誓自己不是心甘情願答應要和阿燦喝咖啡的，全是出自於無奈。

他擋在我面前，我進退不得，躲也躲不開。

「能不能借過啊？」我不高興地說：「我要去上課。」

「答應喝咖啡就讓妳過。」阿燦仍然笑嘻嘻地，「說『好』嘛！喝杯咖啡而已，只是想問妳問題。」

「想都別想，你給我立刻讓開。」我不耐煩起來，「不然我就要翻臉啦！」

「才不要，現在讓開，妳就又要不理人了！」他小孩子氣地嚷，「翻臉就翻臉，我才不怕妳呢。」

我咬著牙，四處張望了一下，旁邊的人都趕著來來去去，根本無暇多看我一眼。

上課的鐘聲在此時響起，催得我急得跳腳。

「快讓開啦！」我已經放棄要搭電梯，決定用跑的趕去上課。「今天要點名，遲到就完了。」

「偏不讓、偏不讓！」他固執地擋路，「除非答應跟我喝咖啡。」

「好、好啦！好啦！」我氣得想殺人。「快讓開！我要走了。」

「那就是答應囉。」阿燦眼睛一亮，「要來喝咖啡喔。」

「喝咖啡就喝咖啡，你現在可以讓開了嗎？」我大聲嚷。

「那中午我在妳教室門口等妳，不准開溜喔。」他說：「誰偷跑誰就是小狗。」

「好！好！」到了這個時候，只要讓我趕得上點名，就算做烏龜我也甘願。「快讓路！」

「中午不見不散。」他閃開身。「快去上課吧。」

所以我答應和他喝咖啡——被迫的！

雖然之後的兩堂課，我沒有一秒鐘不想反悔推掉這個約定，但是應允的話已經出口，也由不得我現在說不。

而且，第二堂課上到一半時，阿燦就頂著他那個惹人注目的光頭和亮粉皇冠在教室門口恭候我大駕。

他這驚人的造型，當下喚醒我身邊那群幾乎進入沉睡狀態的同學們，錯愕的目光全朝他身上投去。

老師在台上一板一眼的教課聲，很快被台下竊竊私語的音量蓋過，每個人都在猜測這傢伙是誰。

我只想趕緊挖個深深的地洞，把自己像鴕鳥一樣地埋起來。

「霜，那是誰啊，妳認不認識？」桂子一面低頭寫筆記，一面小聲地問我，「我的天哪，妳看，他理了個大光頭呢！」

「不認識不認識……」我喃喃自語，「誰認識這種變態怪胎？」

小桂小心翼翼地抬頭撇了一眼門口，「妳眞的不認識嗎？」

「爲什麼我要認識這種怪人啊？」我把腦袋埋進《音略證補》課本中，根本不屑抬頭一顧。

「可是，他在往我們這個方向招手耶。」小桂用手肘推推我，「妳看！」

我哼了一聲，「別理他。」

「我覺得他一定認識妳。」小桂堅持。

「放屁，爲什麼妳覺得我會認識他？」

「因爲他在對妳笑啊。」小桂理所當然地說。

「……」我根本不抬頭、不願意抬頭，也不敢抬頭。

我可以想像，門外那顆大光頭現在有多高興、多得意，他可眞是報了一箭之仇，讓我顏面掃地了。

這是報應，我對自己說，這大概就是我老是凶神惡煞、脾氣火爆的報應。

只是，這報應也太殘忍了一點……

後來我們還是去喝咖啡了。

你可以想像一下當我走出教室的時候，阿燦拄著枴杖走過來的模樣。

我不是要你想像他有多高興，而是要你想像我身後那群同學的詫異表情……

死定了，我想，等我回去之後，一定是三堂……不不，應該是八堂……也不，應該是我所有的同學朋友們都要來會審我。

光想像，就讓我覺得這個世界毫無希望。

我眞想、眞想一頭撞死算了！

「去哪裡喝咖啡？」我惡狠狠的眼光瞪著阿燦，「快點，喝完我還有別的事。」

「可是妳今天下午沒課啊。」他毫不畏懼地說。
「沒課是沒課……」我說。「等等，你怎麼知道我沒課？」
「我看妳每天經過我們系館去上課，看到都可以推測妳的課表了唷。」阿燦著實得意。
「……」
「而且妳今天也沒打工，這我已經問過學弟了。」他繼續說：「期中考考完了，妳的作業也交了，所以妳沒有別的藉口可以溜。」
「……」
「去我辦公室喝咖啡好不好呀？我買了中餐喔，」他露出一臉誠摯的笑容看著我。「而且，我那邊有很多種咖啡可以讓妳選。」
「……」
「走啦走啦。」他用那隻包著石膏的左手興高采烈地揮了幾下。「我有很多問題要問妳呢。」
我覺得自己就像是一個集世間所有愚蠢於一身的大白痴，自己拿著鏟子挖了一個深不見底的大坑，確定誰掉下去都爬不出來，然後，自己把自己踹下洞去。

笨啊！除了這兩個字之外，我什麼也說不出來。

前往建築系系辦的路上，阿燦的光頭所到之處，無不惹來眾人注目驚詫的眼神，連帶著，跟著他的我，也被這些奇異的目光包圍。

我覺得……非常不自在。

那是一種說不出來的感覺，就像是被別人貼上標籤，標示你是一個「特殊」的存在體一樣。

我不喜歡特殊，特殊代表著不合群、獨行、被排斥……在我的生活中，是要盡量避免的。

但這也並不表示我討厭特殊。每個人都喜歡自己和別人「不同」，但是，在不同之前，必須不讓其他人有藉口「區隔」我為前提。當我的特殊造成別人的歧視時，我就會盡量收斂，盡量退讓到大家都能容忍的地步。

然後，人愈來愈普通。

沒辦法，我得活在大多數人所建立的價值觀中，而且我也已經習慣這些。

和多數人一樣的生活比較輕鬆。

在這些被視為通論的價值觀中，我還是能找到一些屬於自我不同的存在。雖然它已經被我、被外在、被內在貶抑得相當嚴重，但那些畢竟是屬於我的特色。

這就是我不能成爲偉人的原因。偉人會想盡辦法自然地發光，而且不畏人言。

平凡人如我，只能學習螢火蟲，在黑暗的夜裡，偶爾閃一下自己的微光，讓人看過就忘。

「不過就是一隻螢火蟲罷了。」他們理所當然地說，然後捨棄我，去追逐發光發熱，照耀世界的太陽。

然而這就是人生，一個平凡的我，所能做到的人生。

「你的手和腳是怎麼了？」等電梯時，爲了避免沉默的尷尬，於是我找了個話題詢問。「車禍嗎？」

「才不是。這個呢，是我和跟熊貓對打的結果。」阿燦正經八百地向我解釋。

「那天我去公館買材料，結果和一隻熊貓狹路相逢，他瞧我不順眼、我看他也很不爽啊，然後我們就打起來了。」

我嗤之以鼻地看了他一眼。

「騙人。」我說。

「眞的唷，眞的，」他晃著石膏手比畫。「這麼大一隻的熊貓……這麼大唷，凶暴得不得了，一記左勾拳揮過來，我的右眼就瘀青了。」

「騙人。」我說。這人腦子壞掉了。

「牠還會跳來跳去呢，像這樣……」阿燦可笑地支著柺杖，在狹窄的電梯中搖擺腳步。「我還是第一次見到會打泰國拳的熊貓。」

「騙人。」我面不改色。

「唉……」他嘆氣。「好吧，妳說騙人就騙人好了，就算是我騙妳。」

「騙人還不承認啊？」我指責他，「什麼叫做『就算是我騙妳』？」

「反正我說什麼妳也不相信的。」他聳聳肩。

我一時接不上話，電梯裡一陣安靜。

「你是眞的跟熊貓對打？我不相信。」我問，「你老實說清楚喔。」

阿燦不答話，眼睛瞪著上升的數字，他的沉默，讓我覺得很沒趣。

電梯門緩緩開啓，我按著開門鈕，等著阿燦走出去。

「那個啊……」他拄著柺杖往外走，突然停了下來。「老實說，那隻熊貓全身刺青，我第一次看到開保時捷的熊貓，還能說一口台灣國語。」

「……」

「其實沒有怎麼撞啦，只是我的車子壞得很慘，還有我摔飛出去而已。」他又聳聳肩，「熊貓從巷口衝出來，我根本躲不開啊。」

「……」我沉默著，聽他繼續說。

「害我住了一個月醫院，還剃了這個光頭。」他說。

「那你幹麼要剃光頭？」我邊走邊問。

「我出院之後要回學校上班、生活啊！一個人斷了一隻手、一隻腳，光站都很不容易了，妳說這要怎麼洗頭？」他反問我。「所以我乾脆把頭髮都剃光，省時省力，只要打開水龍頭往頭上沖，刷刷兩下，拿塊布擦乾就搞定，也不用去理髮店花錢。」

「懶人果然就是有懶法子。」我喃喃自語。

「我可不懶喔，這是聰明。」他不高興地反駁。「妳就是看我不順眼，唉，我都知道。」

「明明知道我看不順眼你，那你還找我喝咖啡幹麼？」我沒好氣地回嘴。「你欠虐待？皮癢嗎？」

阿燦停下腳步想了幾秒，「大概吧。」他理所當然地說：「我這個人挺有冒險精神的，對於未知的事物，有探查求真的好奇心。」

「……」我開始猛翻白眼。

「而且，」他回頭對我說：「而且，我覺得妳很好玩耶。」

「但我覺得你很變態，」我說：「很無聊。」

「這是我聽過對我最貼切、最好的評價啦！」阿燦笑著說，伸出石膏手推開系辦門扉。「歡迎光臨建築助教們愛的小窩。我先聲明，我剛剛逼迫過小葉整理過一遍，不過依照妳們女孩子的觀點來講，應該還是有點亂？」

我的眼光穿過他，望向門後的室內。「不是有點亂吧！」我毫不客氣地批評，「這裡簡直就和垃圾堆沒兩樣。」

我的批判言論在下一秒中被吞回自己的肚子裡。

辦公室裡還有另一個傢伙，隔著一座木製書架坐在另一邊的辦公桌上，一面扒著便當，一面看著武俠小說。

排骨便當的香味充斥在四周，惹得我也餓了起來。

「請進，請坐。」阿燦彬彬有禮地說：「歡迎光臨。」

我不理會他的笑臉，乾脆地走進辦公室，跳過地上散放的藍色圓筒、亂七八糟的海報紙、架在辦公桌旁邊的奇異裝飾（我想那應該是某種木製的圖騰雕刻）、和幾大疊的印刷品。

「我幫妳介紹喔，這位是小葉。」阿燦坐在辦公桌的後方，指著另一邊的人說。「他是我高中、大學的同班同學，也是我的朋友、死黨兼打雜小弟，剛剛就是他收拾這裡的，所以如果妳還覺得亂，是他的問題，跟我無關。」

「依娘咧，我只差沒給你淨身當太監用。」小葉從便當裡抬起頭，口無遮攔地罵。「上廁所幫你擦屁股，吃飯幫你奉茶，把美眉的時候，還要幫你收辦公室！」

「收個辦公室，你不甘願是吧？」阿燦轉過頭去也橫眉豎目地嚷回去。「辦公室裡亂成這樣你也有分，現在要撇清了喔！」

「靠！是你亂還是我亂？你那個垃圾桶N年沒清過了，就算是養老鼠，老鼠也要控告你虐待啊！幹，我剛剛拿去倒，倒出半桶蟑螂，眞他媽的噁心！」

「……你還敢說我？你藏在資料櫃裡面的那堆臭襪子到底放多久了？我早上打

開櫃子，差點被你那『葉家獨腳配方』給害死！你沒薰死蟑螂，倒是快要搞出人命了！」阿燦反脣相譏。「哪天主任跑來親自找資料，一開櫃子保證當場倒地，等你把主任教授都清掉之後，就直升到頂好了。」

「法客，到時候就叫你降級掃廁所。」小葉個子雖小，聲音宏亮。「幹！讓你天天掃化糞池。」

我心驚膽顫地聽了一陣，然後實在覺得有趣。

剛開始聽他們對罵，我還以爲是仇人相見分外眼紅，光聽那些用詞，就覺得不寒而慄。但後來我發現，這對他們來說好像很正常。不，應該說就跟我和阿菁平時在宿舍裡聊天一樣。

措詞用字雖然不同，可是聽習慣了就很理所當然。而且，我覺得他們兩個人對罵的功力還挺有「笑果」的。

後來我知道，小葉說話就是喜歡帶一些髒字。他雖然一心想改，可是不知道爲什麼就是忍不住，嘴巴打開就要附贈一些特殊字眼好增加效果。

這大概也是他一直交不到女朋友的緣故。每當他又鎖定對象、準備下手時，他那張嘴就會壞事，把女孩子嚇得四散奔逃。

「小葉啊，這樣不行啦！」阿燦每次都說同樣的話。「我看你還是找個比較能接受你說話尺度的女生好了，不要老是看上那種膽小美眉嘛！」

「幹，那不是膽小！那是氣質，氣質！媽的你懂不懂啊？」小葉吼得中氣十足，卻很明顯虎目含淚。「靠，我能有什麼辦法呀？對那種氣質美眉，林北根本沒有招架餘地嘛……大概是老子眼光有問題！」

「豬就是要跟豬送作堆啊，你一定要強迫小綿羊跟大老虎相處，我看你這輩子都沒希望了。」

「靠夭啦，你給我記住！」小葉總是最後誇下海口，「林北發誓，有朝一日一定把到一個清純亮麗的漂亮美眉，給你們開開眼界、好好瞧瞧，幹，人格保證，眞的！」

話雖如此，不過一直到現在，小葉學長還是單身。

等到他們終於吵完，我已經快要餓扁了。

「你的咖啡呢？」趁著他倆互相瞪眼的空檔，我趕緊問。

「咖啡？喔……咖啡啊！」阿燦彷彿這才想到什麼似地從辦公桌後面彈跳起來，

然後以一個手腳正常的人都很難辦到的速度，衝向門邊的一個五斗架。「我現在就泡，妳先吃便當！」

便當？我看了一眼那團亂得不像話的桌子。「哪裡有便當？」

「就在右邊……右邊啊，那個黃色的夾子看到沒？翻開來，再往下挖一點，看到一疊投影片了沒？投影片下面有沒有便當？」他頭也不回地指揮我。

「沒有啊！」我說。

「那就是在左邊……妳找找看左邊是不是有學務處的牛皮紙袋？看到沒有？」

「有。」

「牛皮紙袋下面大概周圍五、六公分左右，挖挖看有沒有便當！」

「沒有！」我很不高興地回答。

我覺得自己好像是世紀末的考古學家，在塵土和垃圾之間尋找古墓遺產。

「怎麼會沒有呢？我明明就買了兩個排骨便當啊！」阿燦不相信地轉過頭來，一拐一拐地走回桌前。「我自己來找。女生眼睛都很大，但經常什麼都看不見，這就叫白目！」

「……」我忍耐著不要出腳踹斷這傢伙的另一條腿。

阿燦在桌前狂翻了一陣，看他的動作，我終於明白這桌子怎麼會那麼亂。它要不亂也很難啊。

我第一次看到有人是這樣找東西的，他把桌上的東西，以摩西渡紅海的方式分開成兩半，然後嘩啦啦地把右邊的物品一把撈起來，全都丟到左邊去，等到右側桌面見底之後，再用相同的方法，把左側桌面的東西全扔丟到右邊去。

咳，幹得好啊，這眞是一個「徹底」的搜查方法。

我看得額頭青筋畢露，腦袋隱隱約約作痛。

「咦，我的便當呢？」不一會兒，阿燦大叫起來，「我的便當不見了！兩個便當都不見了！」

「你眞的放在桌子上？」我疑惑地問。

「當然啊，我十點半就跑去買了，怎麼會不見了呢？」他氣急敗壞地嚷嚷，開始重複剛才搜查的動作，橫掃千軍地再找了一次。「我的便當！我的便當……」

「沒有就算了啦。」我說。

基本上，我正在懷疑他說話的可信度。

你知道，有些人的自尊心很強，又愛打腫臉充胖子。

我想阿燦大概就是這種人，明明沒買，卻硬說自己有買，然後推說不見，找個藉口當作沒這回事。

我很討厭這種人，所以臉色也變得難看了。

「一定有！」阿燦皺著眉頭說：「我有買，是誰拿走了？」

我很不耐煩，這傢伙表情還裝得眞像一回事，眞該推薦他去當演員的。

「算了，不要找了。」我給他一個台階下，冷冷地說。

他根本不理我。

「小葉！剛剛誰有進來過我這裡？」阿燦大喊，「誰有碰過我桌子？」

「『菜頭』有來啦，還有出納組送了一份公文來，我放你桌上。」小業吃完飯，摸摸肚子打了個飽嗝，把便當盒送進垃圾桶。「其他就沒別人啦。」

看著阿燦困惑的臉色，我冷冷地不說話。

「那你有沒有看到我桌上的便當？」他繼續追問。

「你是說兩個從福利社買來的便當喔？」

「對啦！」

「排骨的喔？」

「對啦對啦！」

「還熱的喔？」

「對啦對啦對啦！」

「放在桌上的喔？」

「媽的，你到底知不知道啊？」阿燦抓狂起來咆哮。「看到沒有啊？」

「幹，這麼大的兩個便當，還香噴噴的，我當然看到啦。」小葉一副理所當然的樣子。

「那怎麼不見了？」阿燦追問，「誰拿走了？」

「廢話，當然是林北拿走了。」小葉說：「所以，你不是買來請我吃的啊？」

「……」

「不早說，害我快撐死了。」小葉喃喃咒罵著，「林北還以爲你人眞正好，雖然經常指使老子幫忙，但還算朋友……幫忙收收辦公室就有兩個便當吃……原來根本不是給我的喔？靠！」

總之，後來小葉學長就被踢出辦公室去補買便當了。雖然他口若懸河地爆髒話、問候阿燦家的祖宗八代，不過當阿燦威脅要和他對打的時候，小葉學長還是乖乖掏出錢往福利社的方向離開。

「林北從來不跟殘障打架，這叫勝之不武。」他是這麼說的，「要幹架也要有格調，打贏你沒什麼了不起的。」

我想，他們老是這樣唇槍舌劍的，如果不是眞正的好兄弟，遲早有一天，總會有一個人是被橫著送出學校的。

「妳要喝什麼咖啡？」阿燦客氣地問我。「我這邊可以任妳挑喔。」

「冰咖啡。」老實說，我對咖啡這種黑漆漆像污水一樣的玩意兒完全不認識，只知道冰咖啡是甜的，而熱咖啡是苦的，至於其他就一概不知。

阿燦回頭盯著我呆了好半晌。

「怎麼了？」我對他的反應有些尷尬，他的表情就像是看到了一個白痴。

「嗯……」阿燦想了很久，然後對我露出一臉「極盡善良」的笑容。「這個啊，學妹妳對咖啡的認識有多少？」

我瞬間戒備起來，我當然不能告訴他我一點都不懂，這樣的回答只會突顯我的無知，可是老實說，我對咖啡的知識懂得恐怕不會比一隻老鼠多。

但是我的爛脾氣不允許我誠實。

「不少。」我賭氣地說：「你沒有冰咖啡就早點講啊，還說可以任我挑呢。」

阿燦又看了我一陣。

「看什麼？」我有點惱羞成怒的感覺，在他的眼神下，我覺得自己跟笨蛋沒兩樣。「哎呀，隨便弄點來喝喝就好了，沒有冰的也可以。」

他思索了幾秒鐘，對我點點頭。「是我得準備不夠，」他說：「我推薦妳一種更好喝的，試試看吧！是我自己調配的咖啡，喝起來很香，也不會很苦。」

當他說到「苦」這個字的時候，還特意看了我一眼。

我想他大概知道我的程度何在了，不過他不說破，我當然也不會自曝其短。只是對於阿燦的口下留情，心裡多多少少有那麼點感激。

只是一點點的感激而已，一點點而已唷。

「你要問我什麼問題？」趁著小葉學長還沒回來，我趕緊問，「快點說好不好？」

阿燦背對我，靠著牆，用相當高難度的站立姿勢正忙著沖泡他的寶貝咖啡。

「快點問啦！」我催促他。「不然我要走了。」

「問了妳才要走了呢。」阿燦說。

「……」

「爲什麼這麼緊張啊？」他這才慢吞吞地開口，「我又不會吃了妳。」

「我哪有緊張！」我不高興地皺起眉頭，「我只是覺得很煩而已。」

「才不呢，妳緊張得要命。」他冷靜地說：「妳是不是很怕我啊？」

怕？聽到這個字，我差點腦充血。

「誰說的？」我說：「你算哪根蔥？我爲什麼要怕你？」

「既然不害怕，那跟我喝杯咖啡有什麼關係，幹麼想走？」阿燦轉身，對我露出一個笑容。「妳好好坐著看看書吧，書架上的書自己拿，想聽音樂自己放。」

「我……」我很想說些什麼。

「妳自己說的喔，妳說妳不怕我。」他很快地搶過話，「但是如果妳堅持要走，我也不能阻擋妳啦，妳看，我現在的樣子，根本追不上妳，不過……」

「不過什麼？」

「不過，妳要是開溜的話，明天早上我就在中文系系館貼大字報！」阿燦一陣邪惡地奸笑。「貼在貴系系川堂的布告欄上，我想想……就寫『陳曉霜愛楊宗燦』，這個標題夠聳動吧？」

「你腦袋壞掉了吧？誰會相信你啊！」我生氣地嚷，「少開玩笑了！」

被我這樣一嚷，他的臉色突然正經起來，「好嘛！那不開玩笑了。」

「到底有什麼問題？」我重新問這個問題。「快點說，我耐性不多。」

「嗯，我只想問妳一件事而已啦。」他拿著竹湯匙小心地攪拌著咖啡粉，一面斟酌著說話，「如果妳不想回答的話也、也沒關係啦，我並不是很在意，就是……嗯……」

「就是？嗯？啊？什麼？」我急躁地打斷他，「拜託你趕快說，不要吞吞吐吐，實在很煩耶！」

阿燦想了幾秒鐘，然後用力地深吸一口氣，放下竹匙轉身看我。「我想問問，妳爲什麼會討厭我？」

「討厭不需要原因吧？」我負氣地說：「你只要知道我不喜歡你就好了，我很……排斥你。」

我想，任何男孩子要是聽到這種回答，不管他的脾氣再好，大概都要把我掃地出門了。

但是阿燦卻毫不在意地笑了，「妳終於坦承一點了，誠實是件好事。」他一面低頭處理加熱中的咖啡，一面說：「可是啊，太過誠實，也是件很傷感情的事情喔。」

「我是實話實說。」我倔強地說。

「我知道，所以我很高興。」

接下來就是一陣冗長的沉默。

我不說話，阿燦也不發一言，他背對我小心翼翼地在調理咖啡。

咖啡的香氣慢慢地、慢慢地從角落的方向散溢到整個室內。

這是一種很溫馨、舒服的感覺，我雖然不了解咖啡，但是這樣的香氣，卻讓我在瞬間愛上了這種飲料。

最後他泡出兩杯咖啡，盛在手掌大小的厚底杯子中，端了一杯給我。

「這杯是妳的。」阿燦說，語氣裡含滿得意和自傲。「喝喝看，小心燙。」

我懷疑地估量了一下這墨黑色的咖啡，雖然它散發著香到令我受不了的氣味，可是這顏色、這濃度，看起來就跟醬油一樣，我實在不太敢相信這東西能喝。

「喝喝看嘛，」阿燦鼓勵著，自己先喝了一口。「嗯……perfect! 我實在太佩服我自己了！」

看他歡呼的樣子，我有點半信半疑。

「喝喝看，真的很好喝。」他小孩子似地嚷嚷，「快點喝，真的，喝一口妳就會愛死了說！」

「……不加奶精跟糖，這種東西喝下去不會哭出來嗎？」我遲疑地問。

「哎唷拜託，要是加糖和奶精就太遜了。」阿燦露出被污辱的可笑表情。「拜託妳快點喝一口，真的很好喝，真的真的！咖啡粉是我剛剛才磨的耶。妳看，我都喝了，也沒怎樣，妳試試看吧！」

在這傢伙的拜託、懇求和吆喝嚷嚷下，我勉強沿著杯緣，小小地啜上一口。

熱呼呼的咖啡在口中彷彿膨脹般地散開。

我很驚訝，真的驚訝。

完全沒有我預料的苦澀味道，而是說不出的甘香，又醇、又濃郁，就像是喝到極品的美酒一樣。

那是美味到讓我說不出話來的味覺。

我好不容易才從這樣的美味中回魂，眨了眨眼睛。

「好喝。」我老老實實地說。

阿燦看著我的表情，嘴角揚起一抹愉悅的笑容。

「當然，」他臭屁地誇耀，「這可是楊氏獨家千金祕方，本人獨立研發的新產品，保證好喝到無人能擋。」

我想，如果我對他的評價因爲這杯咖啡而提升到三十分，現在馬上又跌回到谷底了！這傢伙，眞是完全不能被捧一下。

我內心正在評價他時，阿燦又說話了。

「有些東西呢，就像這杯咖啡一樣，看起來好像很可怕，但喝起來卻沒有那麼糟。新的事物通常都不容易被接受，人啊，總是會有先入爲主的成見。」他說：「如果妳一直不去嘗試，在妳的想像裡，這杯咖啡永遠都是黑黑苦苦，很噁心的味道了，對不對？」

「嗯……」我想了一下，「你說得有道理。」

我們慢慢地喝著各自手中的那杯咖啡，不知道爲什麼，幾分鐘前我幾乎要跳起來和他爭吵，現在的氣氛卻變得非常平和。

小小的系辦，滿室醇冽的咖啡香，讓我倍覺溫暖、放鬆。

山上已經進入冬季，學校中的花草樹木都漸漸開始凋零，走在校園中，我常常感覺涼意襲人。

但是在這小小亂亂的辦公室裡，我只覺得安心。

這種奇妙的放鬆感受，只有晚上躲在棉被裡的時候，我才能感覺得到。

棉被是一個安全的設計，我可以躲在裡面，把自己重重包裹起來，在裡頭或者用力哭，或者大聲笑，只要藏在棉被裡，就不用害怕外在的一切傷害。

也許我是一個很鴕鳥、很膽小的人吧，必須找一個安全的地方，把自己藏起來。

藏不起來的時候，就武裝！

這就是我，我一直都知道。

「妳的表情好多啦！」

當我捧著咖啡杯，呆呆地想著什麼時，阿燦說話了。

「嗯，這樣比較好。」他說：「看起來比較不那麼凶巴巴的了。」

我沒好氣地一記白眼瞪回去，「我平時也不凶的。」

「嘿嘿！妳凶得可厲害了。」他說：「不知道妳爲什麼老是板著臉呢？好像每個人都欠妳兩千萬一樣。」

「才沒有。」雖然知道他說的極可能是事實，但是我仍然嘴硬。

「沒關係，我不逼妳現在跟我說原因，」阿燦仍然微笑，「有一天等到妳願意講的時候，再說給我聽。」

我想我又要抓狂了。「你這個人是不是有疑心病？到處探查別人的想法？放心，我死都不講給你聽。」我冷冷地回話。

「話別說得那麼絕對，這個世界上有很多事情，可不是妳說不會發生就不會發生的，總是有意外啊！」他說：「說不定，妳以後眞的會說給我聽呢。」

「你就繼續作夢吧。」我斬釘截鐵地，「我沒有道理要把自己的事情說給任何人聽，尤其是你，我根本和你不熟悉啊。」

「要熟悉還不簡單，妳以後常常來我這裡喝咖啡就好了。」阿燦說：「我很歡迎喔，妳隨時都可以來。」

「爲什麼我要來？」我反問。

「因爲我這裡的咖啡好喝啊，而且我人也很好，小葉也很爆笑，點心罐裡還有各種餅乾糖果喔。」他正經八百地對我說：「所以啊，妳喝完這杯咖啡之後，就不會討厭我了。」

「那你就錯了。」我堅持，「賄賂並不會讓我對你改觀。」

「那我明天要去中文系貼大字報！」阿燦跳起來大喊，「我的國民外交這麼徹底，看！咖啡、便當、點心……要什麼有什麼，這樣還不能收買妳？」

「……」我懶得跟他多解釋。

「所以啦，看在我那麼盡力的分上，請妳以後多來我這裡坐坐、聊聊天。」阿燦說：「我們交個朋友嘛，妳不要老是對我板著臉，眞的，我人很不壞的！」

「眞是老王賣瓜啊。」我喃喃自語。

「妳以後就會知道，我這個瓜很甜的。」他的笑容十分燦爛。「所以啦……那個啊，妳就不要再對我凶巴巴，還有啊……」

「怎樣？」我疑惑地瞪著他。

「還有ＢＢＳ上面的那個bugmaker的權限……」阿燦尷尬地笑著，「拜託還給我吧！我發誓以後不會再灌爆妳信箱了，眞的，至少讓我有聊天的權利，不然，我看到使用者名單上面有新來的美眉都不能騷擾一下，好痛苦！」

「……」

我發誓回去一定要禁止他連線的來源上站。

不過我多少同意他說的，這個世界上的確沒有什麼叫做「絕對」的事情。因爲很奇怪，後來我和阿燦的關係顯然好了很多。

這當然不是因爲被他的咖啡和便當收買的緣故。

不過，我爲了那頓午餐和咖啡，事後遭到了相當慘痛的嚴刑逼供。這些帳，我都算在阿燦頭上。

然後漸漸地，阿燦的辦公室逐漸演變成「中文系第二新東京市」根據地（不了解這個名詞的人，請參照《新世紀福音戰士》卡通或漫畫）。

雖然辦公室內仍不改其髒亂和混雜無度，任何時候，只要你踏進來，都會覺得這兒大概在五分鐘前才上演過一場使徒混戰。不過不知道爲什麼，我的同學們都喜歡來這裡亂晃一陣，喝喝咖啡、聽聽音樂、說說閒話打打屁，完全不拘束。

我想每個人都喜歡這種感覺。

我尤其如此。

我喜歡在吃完晚飯之後跑到阿燦這裡，或者抱著書本讀上幾頁，或者玩玩連線對戰遊戲，一邊聊天，一邊三台電腦連線，互相砲轟。

除了遊戲配樂、音效之外，還同時搭配阿燦和小葉之間的髒話滿天飛。

我對這種要靠腦力及策略的遊戲一向顯得弱智，通常在他們兩個已經互相攻殺得血流成河、屍骸遍野時，我還找不到自己的位置何在。

「喔，妳眞是相當嚴重的白痴……」這兩位大哥通常會用一種甘拜下風的語氣，對我搖頭嘆氣。

然後，十一月就過去了，接著，十二月也走進尾聲。

對學生們來說，十二月底的耶誕節，是一個太重要的大節日。

上了大學之後我才知道，原來大家是這樣過節的。

那可眞是瘋狂啊，從耶誕節前一週起，美麗的衣裳就紛紛出籠，女孩子們裝扮打點行頭，然後排出幾個大型的舞會時間表。

接著就是晝伏夜出的生活。白天睡覺養足精神，入夜之後就趕往舞會地點，跳舞玩鬧一整晚。

這是一年中最快樂的時候了，沒有考試壓力、沒有太多功課，老師也鼓勵大家好好地玩。

「現在不玩，等到你們畢業，考上研究所之後就玩不起來了。」有些開明的老師們會說：「把握年輕時好好享受青春吧。」

然而對我來說，舞會這些活動，我是從來不去的。

我也不知道爲什麼，舞會這樣的場合，是很不適合我的。我不喜歡那樣熱鬧瘋狂的氣氛，在那種有些失序的氣氛下，會讓我覺得特別孤獨、寂寞、悲傷和恐懼。

我尤其害怕散場時候的冷清，人去了、樓空了，大家都滿足地離開，留下一地的凌亂，這樣的情景讓我感到不安。

所以我從來不參加舞會。美麗的舞會，就像是一個悲劇的開始，誰也看不到它的結束。

只是每當我看到公告欄上，各系所開始安排和宣傳它們的耶誕舞會時，就會忍不住感慨，這一年就要結束了。

我想今年大概也會和往年一樣，在電腦上度過我的耶誕節，玩玩網路、看看小說，然後早早地睡覺。

瘋狂的東西，就留給瘋狂的人去享受吧。我這樣告訴自己。

隨著耶誕節的接近，身邊同學們興奮澎湃的情緒就愈來愈高漲。當我看到那群平時只肯穿拖鞋短褲來上課，百年難得梳頭刮鬍子，隨時隨地看起來都像一群非洲長毛象的男同學們，有計畫地互相借衣服、衝向福利社購買刮鬍刀，甚至去理髮的時候，我知道，耶誕節魔力就要展開了。

這些都讓我見怪不怪，就像循環一樣，每年重複一次。

但是當我踏進阿燦的辦公室，親眼看見小葉蹲在地上刷地板，阿燦在整理桌面和櫃子時，我想我的下巴和眼鏡大概都摔碎在地上了。

「你們在幹麼？」這是我唯一能想到的一句話。我想，就算台灣加入了聯合國我也不會比現在更驚訝。

「幹！沒看到啊？大眼睛！」小葉低頭咒罵著，匍伏在地上抓著刷子一路亂刷，製造出大量的泡沫。「在大掃除啦。」

「爲什麼要大掃除啊？」我忍不住問。

阿燦對我搖搖頭，「沒辦法，主任親自跑來檢查，說是耶誕節系上要開舞會，到時候校長要來開舞，我們這裡太亂了，給校長看到不好。」他一面解釋，一面抓起兩個黑色垃圾袋，把所有手邊的東西都塞進去。「小葉的臭襪子都被主任翻出來了，眞丟臉！」

「喔，就只說我的襪子，幹！你怎麼不說你養的蟑螂……」小葉學長揮舞著刷子咆哮，「你家的蟑螂在主任面前遊街說！媽的，誰丟臉比較多？」

「蟑螂又不發臭！」阿燦惡毒地說。

「襪子不會下蛋啊！」小葉回嘴。

「媽的，我知道你皮癢欠揍很久了！」阿燦跳起來，他的腳已經好多了，但還是需要枴杖。

「要幹架啊？來啊，誰怕誰！」小葉也跳起來，開始脫上衣。「恁娘咧，我等今天已經很久了，之前是不想欺負弱小，跟三隻腳打架沒意思。靠，給你面子你當成林北怕你！」

我看情況不太妙，抓起一旁的天工去汙劑往小葉丟過去，「夠了啦！不要脫衣服啦！」我叫起來，「我不想看你們的排骨！」

他們兩個同時安靜下來。

「有女生在，哼，有帳晚上回去算。」小葉收斂了一點。「到時候要你知道林北的厲害。」

阿燦給了他一個非常不屑的眼色。

「那你們好好收東西，不要打了。」我尷尬地說：「你們忙，我先回去。」

「快滾快滾，不送了。」小葉臭著臉，跪在地上喃喃自語。

我轉身正要走，阿燦叫住我。「等等。」

「嗯？」我很自然地回頭。「怎樣？」

「那個啊，」他放下手上的一堆文件，「那個呀……」

他一邊猶豫地支支吾吾，一面盯著地上的小葉。

「什麼啊？」我疑惑地問。

「就那個啊……媽的，小葉，你出去一下行不行？」阿燦用腳踹踹小葉的背。

「出去一下啦！」

「哇靠！」小葉丟下刷子站起來，滿手泡沫地對著阿燦比出中指。「林北給你呼來喚去，幹，衰到家了！」

他嘴上說得難聽，但是腳步還是向外移動。

經過我旁邊時，小葉突然用他那雙沾滿泡沫的大手抓住我的肩膀，「學妹，我跟妳說，爲了妳的人生著想，最好少跟那種見色忘友的爛人走一道，眞的，妳會後悔終生，眞的！」

「媽的，小葉你不要嚇唬人家，快點出去啦！我叫你的時候，你再給我進來繼續刷！」阿燦抓起一疊資料夾就往他身上摔，「快滾！」

小葉嘟嘟噥噥地哼了幾聲才走出去。

「你要說什麼？」我謹愼地問，「我先說在前面，我沒有錢借你！」

「我幹麼要跟妳借錢？」阿燦幾乎氣結，「我是想要問妳一件很重要的事情啦！」

一說到「問」這個字，我立刻聯想到前些時候他窮追猛打地問我「討不討厭我？爲什麼討厭我」之類的爛問題。

雖然這個問題後來不了了之，大家也都沒有再提起，可是當時我並沒有給出一個確切回答。

老實說，現在的我並不討厭阿燦，這傢伙雖然愛耍寶、看起來很不正經，但人還不錯，熱心、直爽，又很愛逗人開心。

就跟他說的一樣，他還算是顆滿甜的瓜。

可是這顆瓜有一個嚴重的毛病，就是喜歡打破砂鍋問到底。

說好聽一點是有追求眞理的精神，難聽一點就是追問不休，什麼事情都要知道得詳詳細細，他那龜毛的個性，有時候眞的會氣死人。

如果跟他說：「嗯，我不能跟你去吃午餐喔。」

他就會問，「爲什麼？」

「因爲我跟別人有約啊。」

「誰啊？」

「我同學。」

「哪個同學？」

「班上同學嘛！」

「哪個班上同學？」

「就是小桂啊、青帆啊……」

「妳們爲什麼要一起吃飯？」

「討論報告。」

「哪科報告？」

我的耐性很薄弱，通常到這個時候就差不多要發飆了。

「煩不煩啊？我吃個飯要跟你報備？」

而當我開始要抓狂時，他又會露出一臉無辜的神色。

「我只是好奇嘛……」他可憐兮兮地說。

而且，到最後不知道爲什麼，當我在跟小桂、青帆討論報告時，他也會開開心心地坐在餐桌邊，跟我們有一搭沒一搭地聊天。

「你要問什麼？」我催促他，「快點說快點說。」

「嗯，妳知道我系上耶誕節要開舞會吧。」他說：「明天晚上。」

「我知道啊。」我回話。

「那妳有沒有空來？」他眼睛一亮。「有沒有空啊？」

「有空，可是我不會去。」我簡單俐落地拒絕。「抱歉。」

「啊？」阿燦露出失望的表情。「妳要去別家玩喔？」

「沒啊。」我直說：「我不想參加舞會。」

「爲什麼不想？」他嚷起來，「爲什麼啊？」

又來了，我一聽到這個「爲什麼」就忍不住全身發毛。

「不爲什麼啦。」我耐著性子，「總之我就是不想參加嘛，大哥你能不能不要一直追問原因？」

「一定有原因的吧？」阿燦堅持，「妳說得出來我就不勉強妳。」

「我不說你也不能勉強我啊。」我不高興了。

「不行不行！一定要說。」他像小孩子一樣癟起嘴。「好啦，我知道了，妳討厭我所以不來。」

天啊！天啊！這個「討不討厭」的危險關鍵字又出現了。

我深深吸一口氣，然後努力平心靜氣地解釋，「我跟你說，每個人都有不想做的事情，對不對？就像對你們來說，大掃除是一件很討厭、不想做的事一樣。」

「嗯。」

「對我來說，我討厭舞會，所以不管是哪裡的舞會我都不想參加。」我繼續說：「你了解我的意思了嗎？」

「意思就是妳不想去舞會、妳厭惡舞會。」他問，「對嗎？」

「對。」我滿意地點頭，「就是這樣。」

阿燦低頭想了兩秒鐘，「好吧，那我不勉強妳好了，不然妳不開心。」

「謝謝。」我幾乎是感激涕零，這小子難得這麼通情達裡啊！

「我知道情緒上的傷痕是很難被平復的，」阿燦接著說：「我知道，我能夠理解的。」

「什麼傷痕？」我皺眉，「你在說什麼啊？」

「說妳啊！我在想啊，妳一定是被別人在舞會上拋棄過，所以才會這樣痛恨參加舞會，對不對？」

這又跟「拋棄」扯上什麼關係了啦？

我很生氣，但是並不想要就這樣跟他吵起來，那眞是太無聊了！

「不管你怎麼說，總之，」我板起臉，冷冷地告訴他，「很抱歉我不能參加舞會，就這樣。」

話說完，我扭頭就走，把他的錯愕置之腦後。

我一直不喜歡拿感情的事情開玩笑，就算是無心的說笑也一樣。

而且我對於「拋棄」這個字眼相當感冒，眞的非常討厭，打從心底討厭。

老實說，我沒有被拋棄的經驗，只是對於這種代表背叛和傷害意思的動詞，有著說不出的厭惡。

我這個人用情很專，愛上一個，就很難改變。

也許是因爲半年前才結束一場維持了兩三年的單戀，所以，一聽到這樣的用詞，我的情緒就會忍不住翻騰而起。

知道詳情的朋友們，在我面前都會刻意避開這些敏感字語，以避免被我的颱風尾颱到。蠢蛋阿燦偏偏拿這件事開玩笑，被我擺起的臉色狠刮一頓也是活該。

我氣呼呼地想著，轉身衝出辦公室。

小葉站在走廊上，正跟幾個學弟在說話，手上還抓著沾滿泡沫的刷子。

「談完啦……咦？」他看到我，先是順口打招呼，但是再看到我那張陰鬱到快要爆發的臉色時，顯然吃了一驚。「怎麼啦？吵架？」

我甩開他，衝出大門。

「阿霜！」小葉站在系館門口，對我大喊，「怎麼啦？」

我沒理他。

一直到晚上，想起這件事情，我還是怒氣沖沖的。沒錯，我很憤怒。

其實，之所以生氣，不只單單因爲敏感的問題。可是我也很難說清楚原因，到後來，只知道自己在生氣而已。

眞矛盾，我到底在發什麼脾氣呢？我也說不上來。

好像好像……總覺得好像被阿燦知道什麼祕密的感覺。

我知道他原本是想要激我，讓我去參加舞會的。可是，刺激的藥下太多，方法也不對，反而讓我暴走了。

我想，如果他好好地說，花點時間跟我聊一聊，不要用這種激將的方式說話，就算我不願意，最後應該還是會勉爲其難答應。

但現在把我惹毛了，短期內，無論如何我是不會再理會這傢伙。

我的脾氣很拗的，又愛記恨。

這種脾氣，只有在一個人面前可以化爲繞指柔。他是最特別的，只有他是最特別，但是這個人永遠不會再出現了。

至於阿燦，就跟其他人一樣，別無異處。

雖說「不知者無罪」，可是在我看來全是放屁，這只能說阿燦倒楣。

當天晚上吃過飯後，我去書苑上班。

一接近耶誕節，晚上的工作大家幾乎都要找人代班，男生女生都一樣。

這個時候，只有我最清閒，所以我理所當然得接下這週內所有晚上的值班，每晚抱著功課到書苑去上工。

這段時間工作其實很輕鬆，反正各系先後舉辦舞會，大家都忙著去跳舞，校內歌舞昇平、處處都是歡笑聲，也沒有誰會來光顧書苑。

玩都來不及了，誰會想要來泡書店啊？

所以我可以把音響打開，放起一些平時大家都說聽了會想睡覺的音樂，然後泡杯茶，悠悠哉哉地寫作業。寫到厭煩的時候，還可以抓起書架上的武俠小說翻一翻、看一看，打發時間。

到了八點半，我就關上店門，買份消夜回宿舍去大快朵頤。

這種好事情眞是平白撿來的，薪水通通歸我，又沒壓力沒負擔，可以隨心所欲，輕鬆得不得了。

我以爲，今天晚上也一樣。

但因爲是耶誕節前倒數兩天，學生會在體育館內簡直像是大興土木一樣準備晚上的活動，這是耶誕節前的重頭戲，幾乎每個人都會參一腳，跑去逛一逛。

其他系上的舞會和這場大戲比較起來，眞是小巫見大巫。

還沒入夜，測試的大喇叭音樂已經吵翻天。

「一二三、一二三，麥克風試音……」

「回家——馬上回家——我需要你……」

「I'll be waiting for you……Here inside my heart……」

震耳欲聾的音樂和鼕鼕鏘鏘的鼓聲、喇叭聲、人聲湊在一起，幾乎要把整間學校都吵翻天。

小小的書苑此時也一反平時的清靜，人滿爲患、吵吵鬧鬧地亂成一團。

「學姊學姊，有沒有黃色的八開海報紙？」學生會的美工人員排山倒海地衝進來抓著我問。

「有沒有膠水？」

「膠帶不夠用了！」

「訂書機能不能借一下？」

「訂書針沒了！怎麼辦？還有庫存嗎？」

「硬紙板、硬紙板！」

「細木條斷掉了啦！」

「這海報紙有破邊！換一張啦！」

面對他們的慌亂，我只能一人當十人用，一面開收據、一面找出存在紙庫的海報紙、一面換訂書針、一面指點他們去拿木條、一面結帳……

「快點快點！學姊，這個很急！」每個人都用一臉「我很趕時間」的表情催促。

他們甚至就席地而坐，在櫃檯前開始瘋狂趕工。

好不容易把這群傢伙都打發走，恢復了書苑的清靜時，舞會也開始了。

我坐在櫃檯前低著頭寫思想史筆記。

體育館中的音樂簡直就像是噪音，不停地干擾著我歸納整理思緒。

尖叫聲、吆喝聲、麥克風傳出的插科打諢、模糊卻響亮的音效、震耳欲聾的熱門音樂，完全破壞了這平靜的夜晚。

最後我只能闔上書頁，臣服在噪音之中。

當我收拾好書本再抬頭，才發現有個傢伙正站在書苑門口，偷偷地往門裡面窺伺。他雖然努力地想隱藏自己，技術卻實在不佳，東閃西躲地，讓人很快就發現了。好，正如大家所料，這傢伙是阿燦。

我很驚訝他會跑來，照理來說，人都會有往安全地方逃命的天性。

但是這傢伙現在就在門外探頭探腦，模樣實在好笑，像是一隻大號的土撥鼠，瞪著賊賊的大眼睛在我旁邊晃來晃去一樣，鐵定是在打什麼壞主意！

我走到門口，冷著臉瞧著他，一句話都不說。

我的臉色很明白，本小姐是準備要發飆了。

阿燦看我不說話，於是一臉可憐樣地站在門外，轉著眼珠子不知道在想什麼。

我等他說話，只要他一開口，我就會把書苑的玻璃門給摔上，讓他嚐嚐什麼叫做碰硬釘子的滋味。

我一邊想，一邊伸出左手抓住門把，試了試自己的力道，就等他開口……

可是阿燦一直都沒有說話，一句話也沒說。

他看著我，我瞪著他，就這樣僵持了將近五分鐘。

我想我那僅剩的耐心要全部磨光了，額頭都要青筋畢露。

可是他還是一句話都沒說，就只是直盯著我瞧，瞧得我頭皮發麻，眉毛都要翹起來，他還是不說一句話。

這傢伙到底在想些什麼啊？他在打什麼主意？是來道歉的嗎？哼，我才不接受他的道歉。

也許他是來奚落我的？嗯，的確很有可能。

但他怎麼都不說話呢？一句話都不說，誰知道他要幹麼？

他到底想幹什麼？到底到底，到底在轉什麼念頭？還是等待什麼？

等我道歉嗎？那是絕對不可能的，我發誓，就算是天降紅雨、明天太陽打西邊出來，也不可能要我低頭。

況且我又沒有錯！

一面想著，我的眉頭一面愈皺愈緊，皺到幾乎可以夾死蒼蠅的地步。

體育館裡的瑪卡蓮那音樂接近尾聲，整整一首曲子的時間，我們兩個就在這裡各自堅持地大眼瞪小眼。

書苑外的小走廊上燈光黯淡，我只能隱約看見阿燦的眼鏡反射出亮光，一閃即逝的光亮。

室外的空氣冰冷，冬季的夜風像是要穿透我的厚重外套，我可以感覺到自己的手腳凍得發抖。阿燦站在門外，頂著那顆頭髮不多的腦袋，一定更冷。

可是他不說話，我也不說話。

我想我們大概會這樣固執地對立一輩子也說不定。

這時候，我突然想起伊索寓言中，那固執父子過橋的故事來。

音樂結束，體育館中的主持人透過麥克風不知道說了什麼，然後就是一陣喧嘩。

我沒怎麼注意在聽，眼睛一直沒離開黑暗中的阿燦。

然後音樂再度響起，聽到開頭我就想罵髒話了。那大概是本年度播放率最高、最耳熟能詳的歌曲——〈My Heart Will Go on〉。

我不說謊，《鐵達尼號》是第一部讓我看到睡著的電影。更別提這首主題歌了，一聽到，就會讓我想到那幾張買電影票浪費掉的白花花鈔票，簡直是怒從心起。

而且更過分的是，當我在系上宣稱自己在電影院昏睡時，得到的不是同情的安慰，而是不屑的譏嘲。

「學姊，妳眞是一點都不浪漫。」

我本來就不浪漫。

「一點想像力都沒有。」

那下次不要叫我來寫小說或劇本。

「唉，難道妳不覺得，那眞是永誌不逾的愛情嗎？」

哈囉，愛情會比麵包重要嗎？「永誌不渝」有一天也會發霉。

「學姊……妳、妳眞的是個女的嗎？」

所以現在聽到這首歌，就會有讓我想摔東西的衝動。尤其是眼前站著一個礙眼的傢伙，眞的是雙重刺激。

我眞的再也忍不住了，向外踏了一步。

阿燦顯然有些猶豫，他右腳想要往前踏，卻又遲疑地停了幾秒，退了回去。

「我說，你在幹什麼？」我忍著不悅問他，「一直站在這裡不冷嗎？」

他哼也不哼一聲，一動也不動。

「喂？」我懷疑地又走近一步。「你說話啊？」

他仍然不出聲。我愈來愈不確定他在搞什麼鬼，心裡著實有點緊張。

「阿燦，你是怎麼啦？」我問，又踏一步。

他還是不說話，靜靜地站在夜色中，黑沉沉的身影顯得有些詭異。

這讓我著急起來。

「怎麼啦？你怎麼啦？你還好吧？」我走近他，不安地問。「嘿，你還好吧？」

我瞧著他，慢慢地伸手想要推一下。「你睡著了？」

書苑的燈光微微射出，從我身後的方向過來，照向阿燦的臉。

阿燦的神色平淡得讓我猜不出他在想什麼，鏡片後的眼睛瞬也不瞬地看著我。

「晚安。」他說：「妳終於走出來了。」

走出來？我回頭看看書苑大門，再看看眼前的阿燦。

唉，我好像喪失立場了。

「我正在想妳會堅持到什麼時候呢。」他爽朗地說：「妳剛剛看起來，好像打算跟我誓不兩立的樣子耶。」

「廢話！你耍賤招，居然用這種方法把我騙出來。」我生氣地嚷，「我以爲你怎麼了，嚇得半死，你動也不動，又不說話，是打算杵在這裡當門神嗎？」

阿燦沒說話，低低地笑，一副奸計得逞的樣子。

「來幹麼？」我沒好氣地翻白眼，轉身往裡走，「我要顧店，有話快說。」

「嘿，等等，」他突然抓住我的手，有些著急。「我是來送東西給妳的。」

「啊？什麼東西？」

「嗯……」他猶豫地哼著，抓抓頭髮，彷彿在想什麼。

「快說啊！」我催促。

「這個嘛……」他還在吞吞吐吐。

「該不會是便當吧？我可是早就吃過晚飯了。」我很不高興地說：「現在都快八點了。」

「不是便當啦！妳眞是……」阿燦幾乎要跳腳了。「妳、妳……妳啊！」

他幾乎是在哀嚎了。

「不是送便當，那你要送什麼？」我狐疑地瞪著他。

「先問妳，是不是還因爲下午的事在生氣？」阿燦想了很久才問。

「還好啦。」我語氣冷冷的。

「呵呵，我才不相信呢，妳現在一定氣死了，只是不肯說而已。」他輕輕地笑。

「愛面子的小鬼。」

好傢伙，算他厲害，我就算對別人不高興，也不太敢當面說出來。

雖然心裡已經把他祖宗八代通通問候到了，表面上，仍然要維持基本的和平嘛。

「我是帶禮物來求和的喔。」他諂媚地說：「女生最喜歡收禮物了，對不對？」

「那要看禮物的性質。」我沉著聲，「這算什麼？」

「耶誕禮物，本來是要等明天系上舞會時送給妳的。」阿燦解釋，「現在先給妳，不過妳要答應我一件事情喔。」

「什麼事？」

「先答應嘛。」他賴皮地說：「答應就送妳。」

「哪有這種道理的，那我不要禮物了。」我扭頭就要走。「你留著自己用吧。」

「喂！妳……」阿燦又抓住我，「不要這樣啦！好吧好吧，那我把禮物給妳，可是妳要答應我，等我走了之後才能看。」

「喔，好吧。」

「把手伸出來。」他說。

我把右手掌攤開，黑暗中，他不知道塞了一盒什麼東西在我手上。

「這是什麼？」我很想低頭看。

「先不要看！」阿燦趕快用手蓋住，「我走了之後再看。」

我秤了秤手上的東西，有些沉重，包裝紙袋在手中摸起來很光滑。

「這是什麼？」

「小東西而已。」他說：「很適合妳喔！」

「嗯？」

「我原來是想買個小型滅火器給妳的，一定更適用。」阿燦低聲笑，「不過呢，這個東西也很好，我想女孩子都會喜歡。」

「是什麼東西啦？」我好奇得不得了，一下午的不高興，都被這「謎樣的禮物」給沖淡了。

「我先走了，妳慢慢看。」他說，拍拍我的手背，然後快步離開。

在書苑裡，我找到剪刀，拆開包裝紙，裡頭是一只盒子，附著一張卡片。

面對著盒子，我開始猶豫不決了。

是不是要打開呢？這裡面裝的是什麼啊？我很好奇。

雖然知道絕對不會是什麼戒指之類的東西，那可太恐怖了，收到那種東西，我一定先送垃圾桶。

而且，戒指盒絕對沒有這麼大。

女孩子的想像力無遠弗屆，光是看著這還沒拆封的盒子，我的腦袋已經轉得亂七八糟。

也許是一條蛇也說不定！

長這麼大，我還沒收過男生送的耶誕禮物。男孩子會挑怎樣的耶誕禮物送人？我忍不住亂想，心撲通撲通地跳。

說不定是香水！

我嘿嘿地笑，內心充斥著說不出的滋味。

畢竟我也是一個普通的女生啊，第一次收到家人之外的異性送禮，無論如何，總是感到很興奮的。

我一面想，一面動手打開盒子。

後來，我想，阿燦一定很了解我在想什麼。他送上這份禮物之後，回去的路上一定在狂笑。

而看著我的「禮物」，我心裡充滿了怨恨。

那是一枚胸針，很普通的胸針。

普通不是問題，耶誕禮物嘛，大家當然都是盡量求簡單，心意到就好，價錢和樣式都不是最重要的。

可是這實在是太過分了，阿燦這傢伙眞是太過分了！

他送了我一枚粉紅小豬別針！粉紅色、閃亮亮的、跳著舞的小胖豬胸針。

卡片上只有龍飛鳳舞的簡單幾句話。

跳舞的小肥豬！跳舞的小笨霜！

這是最適合妳的耶誕禮物。

阿燦

P.S. 找到妳的hidden gate了沒？

抱歉，我不知道什麼是「hidden gate」，可是我知道，這傢伙是在自找死路！

「這次我會原諒你才有鬼！」我一面惡狠狠地喃喃自語，一面把這些東西都掃進自己的背包中。「會原諒你，才、有、鬼！」

〈My Heart Will Go on〉的音樂漸弱，照理來說，這是一首溫柔淒婉的曲子，但是我內心卻一點也沒有被感動的跡象。

再度翻開思想史課本，勉強胡亂看了兩頁，我又把它闔上，因爲我還是一個字也看不進去。

怎麼會這樣呢？

我覺得自己心浮氣躁得厲害，這樣莫名其妙地情緒浮動，有著說不出的不安。

嘿！我在幹麼啊？我忍不住在心底斥責自己。

有什麼好生氣的呢？只不過是一個小小的耶誕禮物，一個小小的玩笑，無傷大雅的惡作劇而已。

爲了這樣不起眼的小事情不高興，我是吃了炸藥嗎？

能拿到耶誕禮物就該高興了呀，阿燦是朋友，他還會想到特地送禮物給我呢，想想，我的朋友們大家都忙著自己的事情，別說是禮物了，就連一張耶誕卡片也常常疏忽掉。

我是不應該有這樣的反應的，太奇怪了。

「在期待什麼啊？」我小聲地問自己。「嘿！陳曉霜，妳到底在期待什麼啊？」

「沒有啊沒有啊，」我的心裡有個慌張的聲音急忙喊了起來，「才沒有在期待什麼呢！」

「眞的嗎？」

我不自覺地拿起筆在紙上畫上一個大問號。

問號問號問號……如果我沒有期待，爲什麼會不開心？

我不開心，因爲我覺得失望。

我在失望什麼？

「妳在失望什麼？」我問自己。

「沒有啊沒有啊，」心底的那個聲音不安地回答，「我沒有失望啊，沒有沒有！」

「眞的嗎？」

我抓著筆，又在紙上畫出一個大問號。

然後畫了一個一個又一個的問號……

這個禮物不是我想得到的，對吧？那我想要的到底是什麼？

「妳想要什麼禮物？」我問自己。

「沒有啊沒有啊沒有啊……」心底那個聲音又是一陣慌張地辯白，「我沒有想要什麼啊……眞的眞的！」

又是一個問號。

問號問號問號……

我不安，不安得厲害。

爲什麼？當我問自己這些問題的時候，心底的那個聲音彷彿在逃避著什麼，不停地辯白著。那個我好慌張、好猶豫、好迷惑。

除了「沒有啊」、除了否認、除了緊張之外，我找不出自己其他的感覺。

「嘿，妳在怕什麼呢？」我忍不住問，「除了否認、除了心浮氣躁之外，妳在隱藏什麼？」

我沒有答案。

我在怕什麼呢？我在緊張、壓抑什麼呢？我在期待什麼、希望得到什麼？到底，到底到底，我在逃避、躲藏著些什麼呢？

看著白紙上那一團問號，我的腦袋揪緊著，不斷不斷地揪緊著。問號，都是問號。

好像有一種什麼東西，在我心裡微微地、微微地發芽了。

我並不知道那是什麼，但是，不安的感覺隨著它們冒芽的速度不斷增長。來得太快了，我只能這樣想，這種東西發芽的速度太快了，甚至還來不及辨識這些到底是什麼。

但是它們已經生根。

怪異的感覺，十分怪異。我很不習慣，卻又掃除不了，內心的無力感迅速增加。

收工之後，我回到宿舍，一個人打開電腦，吃簡單的晚餐，放mp3來聽。空空蕩蕩的宿舍，顯得如此地冷清，窗外的夜風從縫隙間鑽進屋裡，寒冷得讓人發抖。

桌上的晚餐熱氣騰騰地冒著暖意，香味撲鼻而來，我卻一口也吃不下。

我瞪著肉羹麵，想了很久，最後放棄了進食的打算。

抱著毛巾，我想去洗手檯前洗把臉，驅走倦怠，準備念書。

水龍頭嘩啦啦地傾瀉著白花花的水，又冷又冰。冬天的水，彷彿沒有溫度似的。

我無意識地沖著水，不知道自己在想些什麼，所有動作都像機械般無意識地重複。

「嗨，沒去舞會啊？」有人拍拍我的肩膀。

我倉皇地抬頭看對方。

「語潔，」我沒好氣地說：「妳走路無聲無息的，想嚇人嗎？」

「是妳太專心了吧？洗臉洗那麼久，想把臉皮刷下來嗎？」語潔撇撇嘴，在臉上抹著洗面乳，「怎麼啦？沒去舞會逛逛啊？聽說有紀念品可拿喔！」

「還不是小孩子的東西，我沒興趣。」我反問，「那妳怎麼沒去？」

語潔聳聳肩，別有深意地笑了。「如妳所說，不過是小孩子的東西嘛，我也沒興趣。」

我扭上水龍頭。「在念書啊？」

「嗯，要準備考試。」語潔低下頭沖水，聲音含糊地說：「外文系的期末考從下週就開始了。」

「外文系？」我想到了什麼，「對喔，妳是外文系的！啊，我有一個英文單字要請教妳。」

「問我？妳們中文系需要用到什麼英文？」

「等等，我去找一下給妳看，我也記不起來。」我說罷，抓起毛巾衝回房間。

在背包裡翻找一陣，從最底下找到了那包快壓扁的禮物。

「hidden gate……」我捧著卡片問語潔，「hidden gate是什麼意思？」

「hidden gate？」

語潔唸了一遍，想也沒想地笑了。「隱藏之門。」

「隱藏？」我錯愕地皺眉。

「隱藏之門。」她說：「hidden是隱藏的意思。」

「『門』不是用door嗎？」我喃喃自語著，「寫這樣，誰知道在說什麼啊？」

語潔看我一眼，「是大地尋寶遊戲之類的東西嗎？看來挺有趣。」

我對她無奈地微笑。「不知道，大概是吧。」

「眞好，別出心裁的耶誕節禮物呢。」

「才不是。」我很快否認了。「這只是一個白爛欠扁的證據而已。」

「隱藏之門、隱藏之門……」我坐在桌前複誦著，翻來覆去看著這張不起眼的小卡片。「到底什麼是隱藏之門啊？」

想來想去，猜不出所以然來。

隱藏之門、隱藏之門，隱藏著東西的門。

隱藏什麼東西？什麼東西需要被隱藏？

一定是很重要的東西，重要到不能輕易被別人發現。就像是四十大盜的寶藏一樣，藏匿在深山裡神祕的洞窟中。

「找到妳的hidden gate了沒？」我又唸了一次卡片上的備註。

我的hidden gate？我的hiiden gate？我的？是我的？

我的隱藏之門？門裡藏了什麼東西？

我不知道。

「好奇怪。」我喃喃自語地，用手撐著腦袋靠在書桌上。「好奇怪。」

是什麼東西，會讓我把它藏起來？

重要的東西？喜歡的東西？羞於見人的東西？不能面對的東西……

不能面對的東西？

我有什麼東西，是不能面對、需要被隱藏起來的？

需要被隱藏起來的……

唉，我不知道啊。也許有吧，也許我眞的有一些東西是不能面對、需要藏匿起來的吧。可是阿燦到底意指爲何？我完全搞迷糊了。

開啓隱藏之門，會得到什麼？

我天馬行空地胡亂想著。

會跟阿里巴巴一樣，得到享用不盡的金銀財寶嗎？

還是像遊過龍宮的蒲島太郎一樣，得到的是他逃避了一生的現實？

我的門後世界是什麼？究竟是什麼？

那天晚上我睡得很早，用腦過度想太多，整個人有些糊塗了，於是理所當然地丟下課本，爬上床鑽進溫暖的被窩中呼呼大睡。

睡覺，是一種再好不過的逃避方式，跟鴕鳥把腦袋埋在沙子裡的道理是一樣的。

大約到了十一點左右，舞會散場，筋疲力竭的室友們都倦鳥歸巢，發出乒乒乓乓的走路聲，開門、開燈、脫鞋子拉椅子……笑聲蕩漾整間寢室。

簡直吵得不像話！

「喂喂喂！」迷糊中，我好不容易把頭從厚重的棉被裡探出來。「妳們小聲一點行嗎！我正在睡覺。」

「妳妳妳……」阿菁正彎腰脫鞋子，聽到我的聲音，彷彿見了鬼似地瞪大眼睛，右手抓著那雙皮靴，左手指著我的頭大叫，「妳怎麼在這裡？」

「不然我該在哪裡？」我沒好氣地問。

「這、我……妳妳……」她簡直火燒屁股地跳了起來，「妳沒看到紙條嗎？」

「什麼紙條？」我真的是睡意矇矓、眼皮痠澀，想要再回去和周公繼續下棋。

「啊，天大的事情都等我明天睡飽了再說吧。」

我把頭埋回溫暖的被窩裡，但沒兩秒鐘，這溫暖舒服的被窩就被人掀開了。

「起床起床，現在不是睡覺的時候！」阿菁爬上床，二話不說就掀開我的被子。

寒冷的低溫馬上侵襲我的身體。

「妳有神經病啊？」我跳起來搶棉被，飛快地把自己又裹起來。「沒事掀我被子幹麼？」

「給我起床！這種重要時刻妳居然還賴在床鋪上面！」阿菁第二次拉開了我的棉被，硬是把我抓起來，「豬曉霜，天天只知道睡覺賴床！現在不救妳就來不及了，妳會恨我的。」

「那乾脆讓我死了吧。」我喃喃自語。

「要死還怕沒機會？」她沒好氣地問，「先不說這個，妳沒看到紙條嗎？」

「什麼鬼紙條？」

「阿燦給妳的紙條啊，妳沒看到嗎？」小帆在旁邊插嘴。

「紙條？放屁啦，那白痴送我一個爛禮物。」我比較清醒了，想起來不由得火冒三丈，「他還罵我是小豬，我沒劈死他眞算他走運。」

阿菁和其他人面面相覷了好一會兒。

「這呆子沒看到紙條。」

「Oh my god! 我就說不要藏太隱密，藏太好她找不到啦！」

「害我們想了那麼久。」

「就說要當面講嘛，唉……」

「當面講就沒有那種浪漫的氣氛啦！」

「浪漫有屁用啊，曉霜的腦袋跟石頭一樣，必須直來直往，愈直接愈好。看看！這就是妳們愛搞浪漫的結果。」

「只能說這傢伙實在是太鈍了，笨得要死。」

「我們怎麼會有這樣的室友呢！唉。」

床下的三個女生嘰嘰喳喳地不知道在感嘆什麼，不過，怎麼聽起來都好像在罵我似的？

抱著棉被，我咕噥著，「妳們在說什麼啦？」

阿菁搖搖頭。「不行，我放棄她了，妳們誰來跟她講來龍去脈吧。」

「什麼來什麼去的？」我迷惘地瞪著她們，「到底發生了什麼事情？」

小帆開始猛嘆氣，「妳有沒有看到阿燦禮物裡面的那張卡片？寫『隱藏之門』的那張卡片？」

「有啊。」我後知後覺，「咦？妳們怎麼知道那張卡片？」

「這不重要，重要的是，妳有沒有去找那個什麼門的？」小帆繼續追問。

「沒有。」我乾脆地回答，「我不知道他在說什麼，哪裡有門啊？」

「喔，豬頭！」阿菁的聲音足足提高八度，「妳這腦袋空空的大笨蛋！」

她們臉上全都露出十足無奈的表情。

阿菁從桌上拿起裝小豬胸針的盒子，「妳看好了！」她仰著頭對我嚷。

我愣愣地瞪著看。

阿菁用兩隻手指頭在盒底上微微推動一陣，小盒子的底層居然露出一條細縫，縫隙漸漸加寬，下一秒鐘，盒底夾層已經被打開。

「Shit!」我實在不能克制自己的嘴裡跳出髒話。「這就是那個什麼門的鬼東西嗎？」

「是隱藏之門啦，笨蛋。」小帆糾正我。

「這樣寫，誰知道機關藏在這邊？」我幾乎要尖叫了，「阿燦那個白痴拿我開玩笑啊？」

「只有妳才找不到。」阿菁無奈地說：「下次我們別再出這種餿主意了，要告訴這傢伙什麼事情，應該拿個廣告看板在她眼前閃燈才行。」

「只怕閃到燈泡都掛了，她還搞不清楚我們在說什麼呢。」小帆接話。

「笨蛋只能用笨方法的。」

「唉。」

「妳自己好好看看裡面的東西吧。」阿菁把盒子蓋起來，丟上床舖。「同學一場，我們可是仁至義盡了，是妳這笨蛋老是搞砸事情。」

「害我們花這麼大力氣。」小帆也悶悶地說。

我拿起落在枕頭上的小盒子，戴起眼鏡，依樣畫葫蘆地把盒底拆了下來。小盒子的盒底別有洞天，一張薄薄的便條紙摺成四四方方的形狀壓在裡頭。展開它，跳進眼裡的是阿燦的筆跡。

曉霜：

豬妹妹別針是小葉給妳的耶誕禮物（他的品味眞是卓然出眾啊）。他很堅持說那適合妳（我警告過他了，所以要殺要剮隨便妳）。

至於我的禮物，得要妳親自來拿。

Hidden gate 找到了？曉霜眞是好聰明，這麼聰明的曉霜該有個獎賞的，不介意自己來拿吧？

我在系辦等妳到十點半。

宗燦

搞什麼！看完這簡單的便條，我的眼睛無力地往上翻，從床頭抓起鬧鐘看了一眼時間。

十一點四十五分。

我的耳朵邊上，似乎有小天使樂團在吹奏著音樂。

「恭喜啦。」阿菁換上輕鬆的衣服，一面哼著。「這下子我看阿燦早回去了。」

「……」

「唉，他一定認爲妳放他鴿子。」小月也喃喃自語著。

「……」

「細心的設計啊、周密的計畫啊，本來一切都準備就緒了，就妳這傢伙腦袋缺根筋，前功盡棄。」

「沒情調沒腦袋的傻瓜。」

「笨蛋。」

「垃圾。」

「豬腦袋。」

「……」她們幾個憤憤不平地數落著，而我，則呆呆地坐在床上認命地挨罵。

心裡有一些地方總覺得不太對勁。

很不對勁，非常不對勁，可是我自己也說不上來。

我瞇著眼睛，重新審視了一遍便條紙上的字句。

咦？爲什麼阿菁她們知道這件事情？爲什麼她們知道隱藏之門？爲什麼她們都知道阿燦要送我禮物？爲什麼她們知道阿燦約了我？還有，爲什麼她們甚至知道已經過了時間？

「妳們！」我皺著眉，狐疑地問，「怎麼知道這些？」

阿菁眼淚都快掉下來了。「誰都知道好不好，又不是只有我們曉得。」

「誰？還有誰知道？」

「拜託喔，我們這一群人都知道。」小月忍不住嚷了起來，「全世界都知道，就妳還愣愣的。」

「全、全世界？」

「半個系都知道吧。」阿菁說：「每個人都貢獻了自己的主意。」

「我們可是把它當世紀末本系大事之一來辦啊。」小月一面卸妝、一面嘮叨著，「點子是我和瑋玲、阿菁一起想的，盒子是初眉和憶芬跑了兩條街買來的，阿燦自己把它改成可拆式盒底。卡片是大家一起設計的，連便條紙都是用特別的方法買了絹紙手工印彩，報銷了我兩大捲絹紙。家裕一個晚上都在書苑監視妳，我們甚至還派出外文系的語潔幫忙等著妳，就怕妳連字典也懶得翻，根本不知道那個什麼hidden gate 是什麼鬼！」

「我的確是不知道。」我老實地招供。

「果然……」她們同聲哀嚎。

「可是……原來這都是妳們設計的奸計！」我把枕頭往下扔，「太過分了！妳們都欺騙我。」

「這算奸計嗎？」阿菁把枕頭摔上來。「哪裡算欺騙了！」

「不算嗎？妳們全都在整我嘛！」我又把枕頭扔下去。

「這是爲妳好耶！」小月把枕頭又丟回來。「我們都怕妳推銷不出去啊！」

「Shit!」我忍不住又罵出髒話，「妳們也太那個了吧？」

「別傻了，」阿菁看看錶，「下來換個衣服，去看看阿燦還在不在。」

「看個屁啊，人都走了吧。」我不高興地說。

「那就當是散步好了。」

「才不要去。」我一把拉起被子，蒙頭蓋住。「不讓妳們稱心如意。」

看著我的舉動，這下換成她們幾個一句話也說不出來。

「這下臉可丟大了。」我在棉被裡喊。「都是妳們害的！」

「又沒有什麼大不了！」小月跳上床，用腳猛踹我，「害妳什麼，只是給你們兩個製造機會而已。」

「我最不需要的就是機會！」

「妳不去我就把你踹成寶特瓶！」小月鬼叫著。

「死都不去。」我大叫，「丟臉死了，殺了我都不去！」

「同學啊，我要告訴妳，現在溫度很低，天氣很冷，」阿菁慢條斯理地在床下說：「妳知道阿燦那傢伙最固執了，他說不定現在還在系辦等喔，這是很有可能的，對不對？」

「等死算了。」我在被子裡咕噥著。

「喔，妳捨得就好了。」

我在被窩裡，感覺到小月跳下床的震動，她臨下床前還狠狠地踩了我一腳。「豬頭霜，妳這個笨傢伙。」小月說：「繼續爲了妳的死要面子煩惱吧。」

蜷縮在被窩裡，我憋著氣、悶著頭，一肚子火冒三丈。

這是一個地域小、人口少、娛樂不多的學校，一整個系也不過百來個人。

小小的謠言就能驚天動地，更何況是這種勁爆的消息。

我可以想像，一門之隔的宿舍走廊上，有多少人正在吱吱喳喳地討論這件事情。

她們到底已經誇張地把事情渲染到什麼程度，誰也不知道。說不定……

愈是這樣想，我額頭上冒出的汗珠愈是不由自主地滴下來。

所謂「八卦來自於人性」，當消息傳開，就無法遏止了。

「啊……」我蒙著棉被尖叫。「完蛋了！」

「妳要是不下床才會完蛋呢。」小月和阿菁異口同聲地說。

「妳們要害死我了。」我從棉被中露出眼睛，「我的一世清白全毀了。」

「誰毀了妳的清白啊。」阿菁說：「妳要是繼續賴在床上，妳的機會才眞的要泡湯了。」

「誰叫妳們出這些餿主意？該死啦，這下子我怎麼出去見人啊？」我激動得想咬枕頭。「現在每個人都知道了，天哪……」

「咦？知道才好啊。」小月說：「大家都很關心呢。」

「關心？關心什麼？」

「關心妳啊，看我們花費那麼多人力……」阿菁接著說：「不過我要佩服阿燦，是他自己跑來好說歹說跟我們討救兵的喔。」

「對啊，他很會收買人心。」

「每個人都覺得如果不幫他一把，會對不起妳。」

「我？」我氣結，「干我屁事？」

「因爲妳遲鈍啊，出了名的了呢。」阿菁說：「每天都跑去阿燦那邊玩電腦、聊天打屁，妳感覺不出來人家有意思啊？」

「什麼意思啊？」

「就、就是、就是……」小月和阿菁幾乎要抓住我的腦袋去捶牆。「就是他對妳有意思啊！」

我無言。

「她的確是沒長腦袋。」小月頭頂彷彿在冒煙。「神經大條就算了，缺乏思考力和行動力，我們都說這麼白了還不知道。」

「沒辦法，這傢伙相信男女之間的確有純友誼存在。」

「不然還有什麼？」我像白痴一樣地問。

「有妳的大頭啦！」阿菁二話不說爬上床，把我的衣服都丟過來，「快換衣服去系辦看看。」

「不要去。」我有點委屈，「太丟臉了，死都不去。」

「妳！」阿菁拿手指猛戳我額頭，「每次都這樣，臉皮薄就算了，自尊心又特別強大，一點委屈都受不了。」

「很丟臉啊，眞的。」我說：「看我被妳們耍得團團轉。」

「大家都爲妳好啊，笨蛋，妳看看妳有多遲鈍，每天都在跟阿燦他們混，一點都沒感覺人家對妳有意思。」她說：「我們本來不想說破的，可是妳實在是太太太石頭了，這樣下去，可能再等二十年妳都不知道眞相。」

「他什麼都沒說啊！」我大叫，「我當然沒感覺。」

「有人會沒事每天替妳準備便當嗎？」小月問。

「可是我都有付錢給他。」我義正辭嚴地聲明，「從來沒有賴帳啊！」

「就是沒有賴帳，所以才麻煩嘛！」阿菁喃喃自語。

「……」我再度無言以對。

「現在只有一個問題。」小月想了想，「妳老實跟我們說，有沒有覺得自己對阿燦也有意思啊？」

「對呀，妳也喜歡他就好辦了。」阿菁理直氣壯地說。

「啊？」我還是愣愣的。「喜歡他？」

小月點頭如搗蒜一般，「妳喜不喜歡阿燦？」

「喜不喜歡？」

「喜歡就老實說，不喜歡就拉倒。」

「如果討厭他，我就叫他趕快滾蛋說拜拜。」

「對對對，妳快點給個交代吧。」

她們目不轉睛地瞪著我瞧，巴不得馬上知道答案。

喜歡？討厭？

嘿，這是一個多麼絕對的二分法。說喜歡，皆大歡喜；說討厭，從此陌路。

我看了一眼眼前這幾個熱心過頭的狗頭軍師，掀開被子，抓起衣服。

「我看，我還是自己去跟阿燦說。」我下了決定，「這種事情還是當事者兩個人好好談一下才好，夾了中間人就說不清楚了。」

宿舍到建築系系館的路並不算長，趕課時，我可以花三分鐘就衝到這個位置。但是同樣的路，這個晚上卻讓我走了將近半小時。

我在拖，慢慢地拖時間。

每走一步路，我就停下來發呆一會兒，看看天空、看看鞋子、摸摸頭髮又拉拉衣服什麼的。

這是浪費時間，我知道。

我有一個很爛的希望，我希望，當我走到目的地時，阿燦已經回去了，系館人去樓空。

然後，至少我可以不必勉強自己去應付這樣尷尬的場面。也許過幾天，等到我想出個好理由、好方法之後，再來面對他。

爲此，我的步伐慢得可以與烏龜媲美。

可是心裡多多少少也知道，阿燦是一個很難纏的人物，「不到黃河心不死」，這句話眞該裱框給他掛在脖子上。

他是那種如果想知道答案，願意程門立雪三天三夜也不罷休的人物。

從之前被他死纏爛打地問「妳是不是討厭我」開始，我就知道這傢伙難纏。問個問題已經煩得讓人頭疼，邀請我去舞會的經驗更是不必說，我記憶猶新。

更何況是現在這種莫名其妙的情況。

我覺得阿燦說的那「禮物」，絕對不是一個好拿的東西。

誰知道他要給我什麼禮物？看我那群同學在旁邊吶喊助陣的模樣，我實在沒有辦法往洋娃娃這方面想去。

說不定又是個擾人的麻煩問題。愈想，我全身都不由得打起冷顫來。

整件事情都變得複雜了，我討厭複雜的事情。

但是無論如何，我總得親自去把事情講清楚。如果我不誠心誠意地去解釋，以後，我和阿燦之間的關係就會變得相當詭異。

我還記得一年前是怎樣把那事情弄砸的。

那時候，我沒有勇氣去當面解釋，沒有膽量去面對突如其來的變化，我躲起來，躲在棉被裡哭。

又爲了害怕，我決定逃避，我踹了對方一腳，然後迅速地逃走。

那個男孩子後來的憤怒，是可想而知的。最後，他當然就從此與我陌路了。

而更可悲的是，我是眞的愛他。

曾經，我是眞的那樣愛他。然後，我親手扼殺了自己的愛情。

嘿，請不要說我愚蠢哪，那樣傻氣的我，是的的確確曾經存在過的。

我也後悔過，而且爲此悲傷了好長的一段時間。我覺得，這個世界上，再也不會出現另一個人，可以讓我像愛他那樣地眞心喜歡了。

不過那畢竟是一年多前的往事，而且這個世界總是不停地在變化，誰也說不準自己會不會再愛。

我不會給自己的未來下斷語，但是我也不願意再碰到相同的情形。

同樣的錯誤，不要一錯再錯。

現在想到這個，實在很不搭調。

我到底是不是喜歡阿燦，我說不出來，我沒有把握。

不討厭他，眞的，雖然他有時候怪的可以，和我所接觸的中文系男孩子都不一樣，他太不按牌理出牌了，想法又特殊，還老是出些鬼點子，而且固執得厲害。

這些特點，和我所認識的其他男生相差很多。

也許是因爲中文系女性眾多的緣故，系上的男孩子，到最後都淪爲我們的「奴工」，呼喝來指使去，從來沒一句抱怨，說話總是客客氣氣、文質彬彬。

我們總說他們是「女性化」了的男生。

阿燦和他們根本是兩回事，阿燦給我很多新奇的想法，許多不一樣的思維。

我喜歡聽他和小葉無厘頭式的對話，喜歡看他低頭專心在念書的樣子，也喜歡看他搞怪。

可是，這些喜歡，就像我喜歡和阿菁一起聊天一起讀書的感覺是一樣的，並沒有什麼特別。

這只是「好朋友」的層次，還沒有……還沒有進展到更深一層的地步。

應該……應該還沒有進展到更深一層的地步吧？

總之，我並不想失去這樣的朋友。

這樣一邊想著，一邊數著自己的腳步慢慢走，終究還是走到了建築系館外。

從老遠就可以看到玻璃窗內燈火通明，人影來來去去。雖然已經深夜了，可是看來他們還在爲明天的舞會做準備。

一群學弟嘗試著在門口架設標語，另外有人忙著布置會場，吵吵嚷嚷的樣子，看起來正熱鬧。

我有大事不妙的感覺。

「嘿，我看還是明天再來好了。」我聽到自己腦袋裡有個聲音這樣勸說著。「人這麼多，遇到多尷尬啊！」

這樣想著，我的雙腳已經不由自主地向後轉。

小心翼翼地，我小心翼翼地想要在其他人尚未發現我之前，悄悄地開溜。

然而我知道，每當自己開始打壞主意時，總是會殺出程咬金出來阻撓我的計畫。

這次的程咬金，是小葉。

沒走幾步，我就聽到他大老遠地叫喊。

「阿霜！」小葉扛著木架子，站在系館門口對我又叫又喊，「妳來啦！」

我、我……我呆站在步道上，不知道該前進還是該後退好。

而聽到小葉的嚷嚷，一堆學弟不知道打哪兒全跑出來，堵在門外，像是研究新世紀恐龍一般地打量我，我立刻成爲萬眾矚目的對象。

小葉丟下架子，跑了過來拉住我。

「我下個月要吃泡麵過日子了，都嘛是妳害的！」他一邊扯著我往辦公室方向走，嘴上一面嘮叨，「要是餓死了怎麼辦……」

「干、干我什麼事啊？」

「幹！那個死人燦跟我賭說妳一定會來！媽的，妳要麼早點來，要麼不要來，幹麼現在跑來？」小葉用著幾乎要哭的聲音抱怨。「林北受不了激將，把下個月的薪水袋全押進去了，本來說要泡一個哲學系的美眉，這下子連老本都沒了，連陽春麵都沒得吃。」

「什麼來不來的，」我忍不住覺得好笑。「你幹麼賭那麼大？」

「媽的，十二點以前還不敢賭，怕說妳突然來了害老子血本無歸。」他咕噥著。

「可是那個鳥屎燦實在太屌了，他說妳一定會來，看了眞讓人想開砂石車輾過去！」

「那我現在走好了，下個月你就不必吃泡麵了。」我甩開他的手。

「免談！」小葉又抓住我，「我跟那傢伙可是兄弟，輸點錢就算了，他總不會看我餓死。林北是講義氣的人，現在要是讓妳走了，我會對不起兄弟。」

我簡直千萬個無奈，「那你餓死算了，我要回去。」

「阿霜不要這樣，」他對我猛搖頭。「阿燦等妳很久了。」

「讓他等到天荒地老吧……」我又用力甩了兩次手，可是小葉抓得太緊，我甩不開，氣得幾乎打算咬他。「你放開啦！要講義氣，你們哥倆好自己去講去，我要回宿舍了。」

「不要啦，妳看，阿燦來了。」

我還來不及轉頭逃走，阿燦已經站在我們面前。

他好高興地笑著，抓抓頭髮、拍拍我的肩膀，一臉開心過頭的傻模樣。

「曉霜，妳來了喔？」阿燦的笑容誇張到幾乎可以把冰塊融化。

「幹！不然你以爲來的是鬼喔。」小葉毫不客氣地罵，「白痴、智障，你媽生你的時候，是忘記給你生腦袋啊？」

如果是平時，這樣的人身攻擊，他們兩個一定已經扭打成一團了。

不過這個時候，除了傻傻地笑之外，阿燦好像已經喪失了其他的反應。

「幹他媽的電冰箱啦……」看到阿燦沒反應，小葉的眼睛幾乎要噴火。「拿去，女生的手要自己拉！兄弟就做到今天了，以後林北看到你絕對要扁得你魂歸西天……」他一面痛罵，一面把我的手抓到阿燦面前，「你是雙手殘廢了是不是？連牽女生的手都不會喔？」

阿燦有點猶豫，看了我一眼，兩隻手不知道往哪裡擺。

「喔！拜託，鳥蛋燦你今天變得這麼清純喔？」小葉放開我。「好，你們兩個清純的白痴自己去散步，林北不打擾你們，氣死我了！」

他說完扭頭就走。

「媽的，看什麼看！沒看過啊？」小葉一面走，一面對著站在系館門口盯著我們瞧的學弟們喊，「你們以後也會有啦！不要流口水了！快點滾進去做事！」

住。

然後就是一片安靜，我們兩個幾乎是無言以對地對立著。

這種情況說有多尷尬就有多尷尬，我甚至不敢抬頭看阿燦。

僵局一直持續著，彷彿會無限延長。

大約過了幾分鐘之後，我愈來愈覺得自己像笨蛋，想要轉身走掉，又怕被阿燦攔住。

這時候，說什麼話好像都沒用了。

「那個……」我從口袋裡掏出盒子。「你，嗯……」

「嗯？」

「這個，嗯……」我苦思要怎麼開口，「我、我是來領禮物的。」

「我知道。」阿燦說。

「幹麼……幹麼要弄得這樣神祕兮兮的，又不是藏寶圖。」

「妳同學提議說這樣比較好。」他說：「比較有神祕感。」

「可是害我找不到機關。」我抱怨，「什麼hidden gate，我連拼都拼不出來。」

「但妳還是找到謎底啦！」他笑聲愉悅。

「那是因爲，嗯……」我考慮著要不要說實情。

「我知道，妳室友剛剛打電話跟我講過，前因後果我都知道了。」

都知道了？我開始頭痛，「你知道什麼？」

「都知道。」阿燦說：「我知道妳躲在被子裡面鬧脾氣，也知道妳來找我是要跟我攤牌的。」

「我沒有牌要跟你攤。」我趕緊搶著說：「我是來跟你解釋一些事情。」

阿燦停頓了一下，然後輕鬆地笑了。「喂，今天晚上天氣很不錯，要不要一起去散散步啊？」

「散步？」

「我們邊走邊說話吧。」他極自然地牽住我的手。「我有很多時間，也有很多話要跟妳說喔。」

我巧妙地把手抽了回來，「我想回宿舍了。」

「好啊，」阿燦回答得爽快。「我送妳回去。」

他的表情熱切，再說什麼理由拒絕都顯得我小家子氣。

「隨便你。」我不置可否地轉身就走。

我可以感覺他的步伐就在我身後不到兩步的距離，亦步亦趨地跟著。

也許是天冷了，山頂校園裡寒風陣陣，十二點之後幾乎沒什麼人在室外遊蕩，偶爾看到幾對卿卿我我的情侶，都躲在擋風的建築物屋簷下親密地倚靠著，無視於我好奇的眼光。

一路上，我們不發一語地沉默。

我幾乎想要轉身問他剛剛說要和我談的話題是什麼，可是我沒有回頭，當然不會回頭去問他。

這是自尊問題，他如果打死不開口，我也絕對不會吭聲的。

天氣極好，雖然冷，但是暗夜的天頂中幾乎沒有雲。

星星滿天，從我們的方向往山的那一端眺望，可以清楚地看見台北城市的燈火，在黑暗中溫暖地亮著。

我安靜地看著這些熟悉的景致。

「有沒有聞到薄荷的味道？」他突然開口說話，聲音低沉。

我有些吃驚，「薄荷？哪裡有？」

「沒聞到嗎？看到那邊的景觀花圃沒？」阿燦走過去，低下身子在花草間深深吸氣，「中醫社有人在這裡種薄荷。」

「眞的？」我驚奇地也跟著湊過去，嗅了嗅眼前的花草，「好像眞的有耶，很清涼的感覺。」

阿燦從口袋中掏出一支小型手電筒。「我找找看薄荷，摘兩片給妳。」

「你怎麼會有手電筒啊？」我覺得有點好笑，「你口袋裡面還裝了什麼？」

「很多東西，呵。」他笑，一面埋頭尋找，「手電筒是因爲學校的路燈三不五時就掛掉，晚上走夜路誰知道會不會踩到蛇，所以才特別準備的。」

「看，這就是薄荷。」他轉身遞給我兩片葉子，「聞聞看。」

我把軟軟的葉子放在鼻尖，輕輕嗅了一下。

一股清涼香甜的感覺快速地往腦中擴散，這比什麼人工合成香料都來得眞實、自然，讓人感到輕鬆。

我不自覺地微笑，「你怎麼知道這是薄荷？」我問，「好香、好涼。」

阿燦在黑暗中聳聳肩。「妳好幾次來我那邊喝咖啡喝茶，我在茶水裡面有時會放薄荷，就是這裡摘的。妳喝的時候沒感覺出來嗎？」

「沒有。」我羞愧，「我只覺得茶水很特別，味道很甜。」

「早該知道妳是味覺白痴了。」他喃喃地說：「害我那麼辛苦。」

「什麼辛苦?」

「嗯?」阿燦抓抓頭，避重就輕，「沒什麼。」

看他這副樣子，沒什麼才有鬼呢!「沒什麼?」我固執地問，「到底是什麼?」

「說了妳也不懂的啦。」他撇過頭去，「走了，我送妳回去。」

「不行不行。」這樣的態度眞的激起我的好奇，「到底是什麼?你不說我怎麼知道?」

「說了怕妳會生氣。」他仍然一副「我看還是算了」的表情。

「不說我才會生氣呢。」我嚷了起來。

阿燦抓抓頭想了想，「好吧，」他沉吟片刻，「妳知道在英國，薄荷代表什麼意思嗎?」

「誰知道?」我不耐煩地說：「我又不是英國人。」

「……」

「是什麼意思?」我追問，「快點說啊。」

「哈哈，沒什麼意思。」阿燦突然發出奇異的笑聲，「我耍著妳玩的。」

他一面傻笑著，一面加快速度往前頭走。

我總覺得不對勁，他的笑聲好假，看起來好像在隱藏什麼祕密似的，可是我也實在搞不清楚他是眞的在瞞我什麼，還是拿我當玩笑耍。

我把薄荷葉子塞在口袋，然後趕緊追上去。

女生宿舍愈來愈近，不知道爲什麼，我突然有些不安。

目的地就快到了，可是我還有些話沒說，也不知道從何說起。

我心慌意亂，「你……你以後會不會不歡迎我去你那邊喝咖啡？」我胡亂找了一句話問，然後發現自己找了個最爛的問題。

「爲什麼會不歡迎？」阿燦停下腳步，轉身看我。

「沒、沒什麼。」我咕噥著，爲自己的愚蠢皺眉。

「我是隨時歡迎的，不過，」他猶豫地說：「如果是妳不想來的話，那就另當別論了。」

「……」面對他這樣直言不諱，我找不到話回答。

看著我，阿燦的眼神有些不確定。「嘿，妳在想什麼？」他突然問我，「妳的腦袋裡到底在想什麼？」

「什麼？」我睜大眼睛。「什麼什麼？」

「我是說，妳眞的只是要問我歡不歡迎妳來喝咖啡而已嗎？」他瞇著眼，神色有些疑惑。

「對、對啊。」我心虛地拚命點頭。「就是這樣。」

我早該知道這傢伙太敏感了，不知道爲什麼，他總是能精準地抓住我的某些想法，無論我如何隱藏。

不安地和他對望，阿燦的眼睛裡有一種我說不出來的東西在跳。

「不只吧。」他謹愼、固執地盯著我。

「啊？」我只能裝傻。

一瞬間又是沉默。

我可以感覺自己的腳在抖。奇怪啊，我居然在發抖。

也不是冷，寒冷不會讓我這樣打心底地顫抖。

我在恐懼什麼，所以不安、所以緊張、所以害怕、所以抖個沒完。

心理感受影響生理反應，我根本掩飾不了自己的反應，我怕得要命。

又來了，這種感覺又來了，又是打心底要逃的抗拒感，害怕面對現實的不安和猶豫。上次有這樣的感覺時，在驚慌之下，我犯了畢生最大錯誤。

這一次呢？我又要傷害別人、傷害自己了嗎？

眼前的阿燦，就是那個我要狠狠踹上一腳的對象？

我不由自主地不停發抖，從雙腳到手，整個人幾乎快要倒下去。

這到底代表了什麼？代表了什麼？

我慌亂地想著，無助地瞪著眼前的這傢伙。模糊的意識裡，我只知道，只要他開口說出些什麼不合時宜的話，我就會開始攻擊他了。

咬著牙，我看著他。

「拜託拜託，」心裡有個聲音在喊，「拜託你別說什麼，別說任何話，我不想傷害你啊。」

阿燦一言不發地專心看著我的眼睛。

我不知道他在想什麼，他只是專心地看著我，看了很久。

「妳知道妳爲什麼發抖嗎？」他低聲地問。

我沒辦法擠出任何一個字，只能呆呆地看著他。

老實說，我不知道自己爲什麼會發抖，也不想知道。

「害怕知道嗎？」他的聲音仍然平穩低沉。

我看著與我相隔不到兩步距離的他。

一直以來，我總是迷惘於他爲什麼能如此了解我。我都不了解的自己，他卻能這樣清楚地抓住我的意念和想法。

「過來，」阿燦伸手拉住我。「妳很冷。」

「不、不會。」我悶著聲音抗拒，試著把手從他掌握中抽離。

「當然會。」他說：「冰山融解的時候，溫度總是最低。」

冰山？我是冰山？

第一次聽到這樣的比喻。我的脾氣向來霹靂火爆、隨時都能爆發，應該是那種總是在冒煙的火山才對啊。

用力想抽開被抓住的手，但這次怎樣都扯不開。

阿燦握得很緊，堅持不放手。他一手抓著我，一手按著我的肩膀，力氣之大出乎我意料，我無法掙脫。

我們在坡道上拉拉扯扯，差點要打起來。

「放手放手！」我氣得抬腳就踢。「放開我！」

「打死我也不放。」他拒絕，快速地躲過我的攻擊。「現在放手，妳就要跑掉了啦！」

「你不放開我，我就殺了你！」我口不擇言地尖叫，「走開走開！我討厭你。」

「妳才不討厭我呢！」阿燦也嚷了起來，「妳討厭的只是自己被看透而已。」

「你怎麼知道……」我幾乎是憤恨了，憤恨他的一針見血，「你怎麼老是知道我在想什麼？爲什麼你總是會知道啊？」

「我認識妳很久了。」

「不過幾個月而已。」我反駁。

「不，眞的很久。」阿燦哼了哼。「大概快兩年了，從我當兵回來之後，在學校上班開始，就注意到妳了。」

「……」

「妳每天都穿那些不起眼的衣服從穿堂走過去上課，長得也不能算多漂亮，頂多只能說是普通……」

「你去死吧。」我氣得要抽搐，用手肘頂他。

阿燦沒反抗，只是微笑，「我承認當初根本沒多看妳一眼，文學院漂亮美眉這麼多，妳又不出色，我看過也就忘記了。」

「跟我說這些幹麼！」

如果我的手有空閒，一定第一個把他的脖子扭斷。

「可是我看久了，慢慢發現妳不一樣。」他繼續說。

「現在說這個已經太晚了！」

「好幾次我聽到妳跟朋友聊天的內容，抱歉，我不是故意偷聽，只是好奇。」他解釋著，「妳有好多我覺得很有趣的想法，而且，我喜歡妳那種對任何事情都質疑的勇敢，雖然這些想法聽起來很可笑，但是我覺得妳很有趣，所以開始仔細觀察妳。」

「……」我無言以對。

「老實說，我大概觀察妳快兩年時間了。」阿燦說：「這兩年，妳的事情我多少都知道，包括學校功課、包括同學相處、包括妳之前……嗯，愛情方面……」他說起來有些支支吾吾，「我都知道。」

「怎麼可能？」我驚詫地喊了起來。

「這個學校這麼小，而且，我認識的人可不比妳少。」他微笑。「對我來說，這裡沒有什麼叫做『祕密』的東西。」

「……」

「愈是了解妳，愈發現妳特別。」他喃喃地說。

「我不特別。」我惱羞成怒地抗議。

「妳是一個恐懼被愛的女生。」阿燦不理會我的憤怒，兀自說：「妳害怕被愛的負擔，又渴望被愛的溫暖。妳喜歡接觸人，因爲妳總是感覺寂寞。討厭碰觸陌生的事物，因爲妳不喜歡適應新東西……」

「要打入妳的生活圈子非常不容易，我花了很多時間和心血。」他下了結論。

面對這樣精準的批判，我說不出話來。

「妳看起來任性、驕傲，事實上卻非常空虛。」

「……」

「口是心非的傢伙。」阿燦說：「網路上那個精明幹練的曉霜，其實並不是妳；在同學面前耍寶逗笑、瘋瘋癲癲的曉霜也不是妳；而在我眼前這個張牙舞爪，戒備森嚴的曉霜，更不是眞正的妳……」

「眞正的我？」我疑惑，摸不著頭腦。

「好幾次我幾乎都已經要把妳最眞實的一面逼出來了，可是下一秒鐘妳又躲了起來。」

「逼我出來幹什麼？」我不甘心地問。

瞪著他，泛黃路燈下的阿燦顯得這樣地凝重。

他好像在考慮什麼，表情嚴肅，讓我有些畏懼。我從沒看過阿燦這副沉著的表情，他是那種賴皮搗蛋、嘻笑怒罵全不能作數的超級大頑童。

然而現在他的眼神銳利，彷彿能切開我整個身體，窺探我心底的祕密。我們對峙似地互相逼視對方，毫不客氣，如同和對方較量一樣，這是意志力的較量。

然後他突然輕輕地笑了起來。

我詫異地看著他的笑容，一瞬間無法改變自己僵硬的表情。

我想這時候的我一定很可笑，想要別開眼睛，卻又不知道爲什麼移不開。

「我一直想，一直在想，」阿燦盯著我的眼睛，聲音低低緩緩地，「如果有一天，我能把那個眞正的曉霜給逼出來，一定要親口告訴她。我要親口告訴她，告訴她……告訴她說，我喜歡她。」

尾聲

然後這個故事就到達尾聲。

我覺得丟臉，自己在同一個地方哭了兩次，而且，也連續被同一個人看到兩次。

這次，這傢伙沒遞出皺成一團的衛生紙給我。

然而我發現，用阿燦的棉質上衣和絨布外套來擦眼淚效果相當好，非常吸水。

話說回來，我應該算是接受他的「告白」了吧，雖然這個詞聽起來眞是讓人毛骨悚然，好像做了什麼見不得人的事情，但是相當貼切。

不過事後每當有人問起阿燦，當時到底是誰先開口表白？他總是立刻指著我，狀似無辜地大叫。

「都是她、都是她！她哭著強迫我說我喜歡她！」

面對這樣的指控，我通常都是一笑置之。

我們有很多時間好好算帳，慢慢痛整對方，不急著立刻揮刀相見。

而且，我有的是耐性。

二月底的某個下午，我仍舊坐在阿燦的辦公室裡喝咖啡。剛開學時，系辦總是兵荒馬亂，忙得人仰馬翻。我看著他在電腦面前鍵字如飛地製作名單或表格之類的東西，自己有些無聊。

「曉霜曉霜！」阿燦低頭看著一份紅色卷宗，突然伸出手，「幫我拿枝筆來。」

我放下咖啡杯，開始小心翼翼地在他的桌上四處搜尋。

有時候我真的不得不佩服阿燦這一點，過了一個寒假，他的桌子仍然堆成小山一樣，到處是亂七八糟的垃圾。

習慣之後就會發現，在這堆垃圾山中，想要找到一枝筆雖然不困難，但是需要絕對的技巧。

我翻開了空泡麵碗、軟木板、八粒裝電池、一疊書、兩份學生報告、七八個牛皮紙袋，和無可計數根本搞不清楚到底有沒有用的紙張，甚至還有一盒玩ＢＢ槍用的彈匣……

我常常希望自己能發明一套書桌搜尋系統，然後安裝在他的桌上，只要打出要找的東西，就能列出位置清單。

我只要用滑鼠去點選它就好了。

「找不到筆。」我告訴他，順便把彈匣拿在手上晃了晃。「這是什麼？你準備在學校搞暴動嗎？」

「那是小葉的啦，」阿燦嗤之以鼻地說：「我才不用這麼原始又無聊的東西。」

「我知道，你用的是『光刃』。」我把東西扔回那堆垃圾裡。

「呵，當然。」他高興地笑。「我的筆呢？」

「跟你說找不到嘛！」

「真沒用！每次要妳找什麼都找不到。」阿燦碎碎唸著，自己站了起來走到桌前，用他那著名的「二分搜尋法」翻箱倒櫃，「大笨蛋！」

有時候我必須承認，人總是有那麼幾分劣根性，得不到的東西總是最好的，再珍貴的寶貝，等到一拿到手，就被視爲破銅爛鐵了。

當初他在對我示好的時候，別說是數落我，連重一點的話都不敢說，因爲他怕惹我生氣、怕讓我發飆。

然而現在，到了情勢明朗化、一切篤定之後，我的生氣就不算什麼了。

而且，我們一直發現對方無可隱藏的缺點。嘮叨、急躁激進、過分誇張不饒人的嘴巴、急驚風的個性，全在他身上慢慢顯現出來。

我懷疑這是一場大騙局，而我完全身陷其中不自知。

「我的筆！我的筆呢？怎麼不見了？」阿燦大叫，「不可能！昨天才新買了五、六枝的。」

我掏掏外套口袋，搜出一枝原子筆遞給他。「嗯，借你。」

「曉霜，妳的口袋簡直像小叮噹的四次元口袋。」他高興地接過筆，「裡面還有什麼？」

「就是筆而已，還有發票。」我搖搖頭，把東西抽出來攤在他面前，「比你藏在口袋裡面那堆手電筒、郵票、鐵絲和訂書機之類的工具少得太多了。」

正說著，有什麼東西從我手中掉下來。

「這是什麼？」阿燦蹲下身子去撿，興味濃厚地研究起來。

皺皺黃黃、有些泛黑的乾紙片似的東西，看不出來是什麼。

阿燦把東西翻來覆去檢查，然後放在鼻尖輕輕聞了聞。

我也蹲下身，湊過頭去看，「那是什麼？」我問。

「薄荷葉。」他低著頭說：「是薄荷葉。」

「嗯？我怎麼會有這種東西？」我一時之間眞想不出來是什麼時候放了這樣的東西在自己口袋裡。

阿燦抬頭對我微笑，「我給妳的，記得嗎？」

「……」

「妳放在口袋裡多久了？」他笑得好開心。「都變成薄荷乾了。」

我慢慢地想了起來，那天晚上，這個白痴摘了兩片薄荷葉給我。

經過一個寒假，外套裡的葉子早就乾癟得看不出原形了。

「知道薄荷的涵義是什麼嗎？」他仍然笑著，不知道爲什麼，臉上的表情彷彿有些羞赧。

我搖搖頭。

「英國人說，薄荷的意思是『長久的愛情』。」阿燦低著頭說，然後把那兩片薄荷放入自己口袋裡，立刻站了起來。

「啊？什麼？」我瞪大眼睛。「沒聽清楚，再說一遍！」

「不說了！」他趕快轉過身坐回電腦面前，用螢幕擋住我的視線。「好話不說第二遍。」

「楊宗燦！」我威脅性地靠近他，「再說一遍！」

「不說了！絕對不說。」他撇過頭，以幾乎和螢幕親吻的距離拒絕看我。

不說？

好，沒關係。反正是長久的愛情，我有足夠的時間跟你慢慢算這筆帳。

我愉快地微笑，伸手去掐住他的脖子……

我彷彿能聽見下一秒鐘，從系辦中發出的慘叫聲。

我說過了，我是很有耐性的。

對於愛情，我最美好的印象，是那一雙爛到不能再爛的破襪子。

我的愛情，從那裡開始……

【全文完】

讀者迴響

作者　byKaien（無名氏）
時間　Mon Jul 27 21:38:30 2009

喔喔喔！趕緊趁機來表白！所以以下是亂入，不是感想。

我是因爲《破襪子》才知道霜子，當年還引頸期盼實體書出版，最後終於出了就趕緊去找，可是我家附近的書店竟然找不到！最後還是託人從台南寄上來給我，眞是麻煩他了！

說眞的，現在故事內容也不是記得很清楚，雖然當時很愛，可是過了幾年再翻閱，卻覺得故事內容進展太過快速，（所以可以說我進化了嗎？看了那麼多的故事書，我發現可以讓我愛不釋手一看再看的作者跟故事眞的很少……）但我還是喜歡《破襪子》。

而看到續集《搭便車》中，霜子和阿燦竟然要分手，我感到很遺憾……只是小葉是主角，霜子和阿燦是配角，所以沒有多描述，因此也只能傻傻地希望作者給他們的結局是好的，而最後也透露出喜訊！

但我還是好奇爲何他們會面臨分手，不過要作者寫續集眞是太爲難作者，所以基本上我還是當沉默的讀者，不過有機會還是要趁機出來表白表示支持！

作者 eiad（江）
時間 Mon Jul 27 23:49:51 2009

心得可能會放在書上耶，這輩子我是不可能寫些什麼書了。

所以這種機會萬不可失。

我完完全全可以理解霜子對於鞋子、襪子跟涼鞋的感覺。

我覺得出門前，從放襪子的抽屜裡拿出一雙襪子，確定好正反面，一隻一隻地穿好它，確認縫線在腳指甲邊緣，最後再穿上鞋子。

這樣才是出門前最後一動的ＳＯＰ。

涼鞋這種不前不後不上不下的東西，不能存在於世界上。（就像我覺得奶茶眞是莫名其妙，要嘛就喝紅茶，要嘛就喝牛奶，怎麼會弄出奶茶這種既不茶又不奶的鬼玩意兒？）

跟我不熟的，都覺得我看起來氣勢很盛。說起話時，自我感覺相當良好；走起路來，衝衝衝，好像很有目標的樣子。

跟我夠熟的，就知道我根本是一隻紙老虎。很有自信的樣子，是不希望被發現我很害怕；很有目標的樣子，是希望沒人知道我在迷路。

所以當我看見烏蛋燦看透霜子的紙形老虎時，我又開心又難過。

過了這幾年，我已經不再期待烏蛋燦的存在，但是我開始穿涼鞋，喝大家都喝的珍珠奶茶，希望涼鞋跟奶茶能讓我更勇敢和更有方向感。

就像當初《破襪子》帶給我的一樣。

作者　Blueend
時間　Mon Jul 27 21:37 2009

不是來寫心得文的，想說個剛好覺得很巧的事。

昨日朋友來訪，在門口說了很多推辭的話，一下子是下雨鞋襪濕了怕踩髒我房間，一下是馬上要回去了所以不進來坐了……找了好多理由，就是不肯脫鞋進門。我只好把那些藉口像消俄羅斯方塊一樣地一個個清掉，請她入門來。等她脫掉了鞋，我看到她兩隻大拇趾光溜溜地對我 say hi，我笑起來。

腦海裡浮現的就是這本書的書名呢，破襪子。

然後後頭像卡通動畫一樣地湧出很多多年以前的舊回憶裡的字，浪潮一樣滾進我腦袋。有人說，破襪子象徵女主角不願讓人看見的一面，男主角突破了女主角的心防，是個有機的譬喻。輕鬆好笑的故事通常都和擤過鼻涕的衛生紙一樣，用完就丟了、看完就忘了，卻有個故事能在好讀之餘又有著那麼了不起的結構，我就讀了。然後跟著讀了好多好多其他的霜子：《搭便車》、《流光》、《藍色》……

然後，想到那些仔細研究這些故事的骨架的日子，覺得一定要說一下昨日的感受，還有，謝謝妳讓我看到那麼多好看的小說。

作者　Isveia（小曦）
標題　關於我對襪子的一點點感想。
時間　Fri Nov 19 01:37:35 1999

我想，《破襪子》這個故事可以視為一種新的生活與文學結合體。沒有艱澀窒礙的描寫，也沒有枯燥難懂的劇情。它所擁有的，只是那偶然點綴的幽默詼諧，與一點點眞實貼切的心靈感動。

一字一句都很平凡，也因此更可以凸顯霜子所要表達「眞摯」與「情感」的對比。這才是屬於霜子的風格，平易近人而又落落大方。

雖然這故事說是言情，卻也如倒吃甘蔗般地愈到最後才愈能了解所謂的「愛情」是怎麼一回事。人們很自然地就會被吸引，然後驚訝於這場景是如何巧妙地被安排呈現，接著就是會心一笑，完全投入霜子所營造出來的氣氛之中。

或者沉醉在那似有若無的愛情迷離裡。

做爲一個創新世代的網路文學作品來說，《破襪子》是一個典型的代表。是一部很生活化、很樸實化、很大眾化的網路新（心）小說。

而眞實的感動，則是在品嚐了無數次之後，都不會減淡的，它就是這麼地扣人心弦。

我反反覆覆閱讀了差不多有五六次。每一次都會爲了小葉的「妙語如珠」、阿燦細膩而又總是話不著邊的行爲而心動。笑聲往往不絕於耳，夾雜在每個告訴我看過《破襪子》的朋友的感想之中。

「好看。」是他們唯一的評語。

於是我也不必再多說了。如果可以，我希望每一次的重新閱讀都能帶給我另外一種新境界的享受。

你，當然也能試試看。

而故事，就是從一雙破襪子開始……

作者 syyang.bbs@cis.nctu.edu.tw
標題 寫在《破襪子》之後
時間 Thu May 13 10:00:10 1999

看完你的《破襪子》，眞的好開心！

覺得裡面的女主角，好像就是自己一樣，和自己的個性好像好像……

雖然我沒有女主角那樣的講話方式，可是與人相處的模式和自己折磨自己的本領可都是一樣的呢！

謝謝你的小說，讓我再一次回到剛剛戀愛的感覺……

作者　g8661406@mail.nchu.edu.tw (DINO)
標題　Re: 破襪子（50）完
時間　Sat May 15 09:31:54 1999

霜子展信愉快：

您好，敝人是某位拜讀霜子大作的讀者。

很可惜沒能在一開始便發現霜子的作品，一直到四十集之後才開始看，先前卻已不可考……

趕論文的日子雖然充實，但壓力卻不小，無聊上上網，才發現霜子的作品。

它引誘著人每天來篤志於學霜子說故事……

好的故事，有時候並不是好在呈現手法、不是好在辭藻、不是好在架構，而是好在眞實、好在似曾相識。

面對身邊再不能不起眼的同學，想著他們就像襪子一樣發生著這許許多多令人感動、莞爾的故事，才發現日子，就算是趕論文，也是如此美好。

喜歡霜子的破襪子的

DINO

作者　cv.bbs@cis.nchu.edu.tw
標題　Re: 寫在《破襪子》之後
時間　Sat Jun 12 11:40:52 1999

霜子你好：

我是交大資科story板的小板主，這裡有很多story板的死忠板友，首先恭喜你的《破襪子》是資科站五月分最佳文章票選的冠軍喔！

爲此想請你做得獎宣言！

僅會貼在資科站140.113.23.3。

作者　nhuang@aladstone.uoregon.edu (Nancy Huang)
標題　好棒！
時間　Sun Jul 4 17:23:44 1999

This is a multi-part message in MINE format.

哇！
我好喜歡你的文章喔！
太厲害了！
我本來很鬱卒的心情，看完你的文章就好很多了。
加油喔！
再寫些好看的文章吧！

覺得《破襪子》非常非常好看的讀者

作者　BOKI（不容臆測的故事）
標題　Re: 破襪子（17）
時間　Fri Mar 26 17:43:24 1999

看起來讓人感覺挺舒服的故事喔！
一開始的場景就挺特別的，也可能主角的個性很特別吧。
排版也讓人家覺得很舒服。
從主角在清晨的校園中落淚，那種感覺好熟悉，以前也常常在系電狂趕作業到深夜，才一個人走回宿舍。
從這集之後，就欲罷不能了。
加油喔！

作者　linwen（林文）
標題　Re: 破襪子（30）
時間　Thu Apr 1 16:41:01 1999

hi! 作者大大：

呵！我有好久都沒這麼開心地笑過了。

眞是過癮呢！

希望你再多加那麼一點點努力喔，快快寫，期待你作品續集快快出現。

還有，那個咖啡，眞的那麼好喝嗎？

有沒有作法可供參考呢？

作者 odd（千年妖怪貓）站內：Story
標題 Re: 破襪子（48）
時間 Tue May 11 04:50:22 1999

「冰山融解的時候，溫度總是最低。」

不知道該說什麼，只是眞的覺得這句話好棒。

還有要跟作者說聲「加油」，我每天都在期待故事新的發展喔！

作者　LSLC（惡女）站內：Story
標題　Re: 寫在《破襪子》之後
時間　Wed May 12 11:18:39 1999

寫得眞好。謝謝作者給我許多的期待。
我每天上站多次，就爲了看《破襪子》，現在我找不到上站的理由了。
下一篇呢？

作者　chandelier（雲遊俠客）
標題　Re: 寫在《破襪子》之後
時間　Tue Jun 1 19:06:09 1999

我喜歡它。
當阿燦說出曉霜的眞正性情時，我感覺自己被解剖了一樣。
如果已經分手的男友能像阿燦了解曉霜那樣來了解我、寬容我，我們必定不會分手。

我想，那是因爲他受得不夠，而我，愛得不理性。

謝謝霜子的《破襪子》，讓我有了「總有一天會被人了解」的希望。

作者 VirgoBoy（深愛小琦的我） 看板：aup
標題 《破襪子》感想——獻給霜子
時間 Wed Oct 6 00:46:44 1999

獻給霜子的：（很抱歉，來晚了）

這回，是第二次爲了一篇作品而拍手叫好。
這是我的習慣，看到喜歡的作品，會情不自禁地拍手鼓掌，甚至起立。
好像是《將太的壽司》裡的「拍手小安」一樣……
不過，在網路story中，很難看到眞的極富創意與巧思的文章，第一次拍手時，已經是一年前了，故事名稱是《祕密的情書》，看的我是邊笑邊稱讚。
同樣的，看霜子的《破襪子》也是如此。

這絕非客套式的稱讚，而眞的是佩服得五體投地。

這故事的架構很好，長篇連載最忌無法連貫，以及無法吸引人再看下去，這點霜子很成功。

愛情故事也忌太過平凡，或是太過灑狗血，這點霜子無疑地又是成功。

霜子很巧妙地將一只破襪子帶到曉霜和阿燦的世界，

很自然，也很順暢。

我很喜歡故事裡曉霜的角色，因爲和我的女朋友個性很像（除了髒字之外，呵。），由女生寫來更覺得有趣。

總而言之，我愛霜子的《破襪子》。

VirgoBoy

作者 axiom（核子動力潛艇）
標題 Re: 這個那個……欸……關於書跋……
時間 Thu Nov 18 13:04:12 1999

有禮物是嗎？

我覺得《破襪子》不能說是一篇偉大的作品。
也就是因爲它不偉大，所以今天引發風潮也化爲鉛字。
鐵達尼只有一艘，美麗的蝴蝶也不是隨處可見。
《破襪子》的文字平淡而有趣，浪漫而不失眞實。
眞喜歡那句話：
「人總是有那麼幾分劣根性，得不到的東西總是最好的。再珍貴的寶貝，等到一拿到手，就被視爲破銅爛鐵了。」
相信一件事實：
霜子的讀友四海皆有——至少在紐西蘭有我一個。
不知道會不會拍到馬蹄被踹死……

作者 Floatbird（飄鳥） 看板：aup
標題 Re: 這個那個……欸……關於書跋……
時間 Thu Nov 18 17:00:24 1999

看完《破襪子》，突然讓我想起那被遺忘在衣櫥角落的幾雙破襪子，只是，卻讓我捨不得丟了。
或許，改天我也可以爲它們尋找一片天空。
這是感想。

作者 violeta（銀色夢幻小撒旦）
標題 Re: 這個那個……欸……關於書跋……
時間 Fri Nov 26 17:26:32 1999

冰沙鬆餅企鵝霜與破襪子間關係之探討……
首先，我們必須先介紹一種生物，他叫做冰沙鬆餅企鵝霜，屬網路級稀有保育動物。
而且僅此一隻別無分號。
屬哺乳類馬鈴薯科，嗜食冰沙鬆餅，特徵爲穿襪子的冰清玉潔、冰雪聰明台灣企鵝。
你問我，襪子跟企鵝的關係嗎？
很好，這是我們必須要研究的課題。
當然有關係，如果一隻企鵝穿襪子，難道他還不夠獨一無二嗎？

千萬別想把他賣進馬戲團，在這之前你很可能會被企鵝跟一個叫小葉的傢伙送進動物園。

我怎麼遇見這隻企鵝的？

這當然是天意囉！

我在某個月黑風高四下無人的夜晚，發了一封信給一個傢伙，一個寫了一篇叫〈騙〉的短篇的傢伙。

回信給我的，就是那隻穿襪子的企鵝。

然後我漸漸知道企鵝有個不可告人的人的祕密，他喜歡穿襪子。

對於我這個一雙涼鞋走過春夏秋冬的人來說，這眞的太不可思議了！更何況他還是一隻企鵝……

傑克，這眞是太神奇了。

什麼？你問我爲什麼企鵝喜歡穿襪子？

去看《破襪子》就知道了。

我不蓋你的，你會發現這一切充滿了致命的吸引力，其威力之大，大到小女子我不得不天天三顧茅盧，有損形象之卑鄙手段盡出，就只爲了逼企鵝交出他的破襪子。

我最近聽說企鵝開起修車場，改當起黑手霜，專心一意地修著小葉的破福特，於是，我決定重操舊業，冰沙鬆餅黑手企鵝霜把車交出眞的太不可思議了！更何況他還是一隻企鵝……

通常有百分之九十九的人看《破襪子》的表情是笑著的（記得是全形的幸福傻

笑笑臉），偶爾你也會看見你自己的影子在某個人物身上，而覺得被人逮到心虛，起碼，我就常常都在心虛。

好的，簡單地說，破襪子是穿襪子的冰沙鬆餅企鵝霜世紀未嘔心瀝血之作啦。這，就是破襪子跟冰沙鬆餅企鵝霜的關係。

冰沙鬆餅玫瑰旦

商周出版叢書目錄

網路小說系列

書　號	書　名	作　者	定　價
BX4001X	妹妹	堅果餅乾	180
BX4002	You are not alone，因為有我	魔法妹	180
BX4003	只在上線時愛你	Yuniko	180
BX4004	我的 Mr. Right	Prior (喋聲)	180
BX4005	貓空愛情故事	藤井樹	180
BX4006	祕密	Hinder	180
BX4007G	我們不結婚，好嗎	藤井樹	200
BX4008	蟑螂與北一女	Cleanmoon	180
BX4009	看見月亮在笑偶	湯米藍	180
BX4010	曖昧	Kit (林心紅)	180
BX4011X	這是我的答案	藤井樹	180
BX4012	藍色月亮	堅果餅乾	180
BX4013	我們勾勾手	Hinder	180
BX4014	遇見你	Sunry	180
BX4015	日光燈女孩	Tamachan	180
BX4016	阿夜的玫瑰還有我	月亮海	180
BX4017	我不是他太太	Kit (林心紅)	180
BX4018	白帶魚的季節	Sephroth	180
BX4019	我是男生，我是女生	Seba (蝴蝶)	180
BX4020	有個女孩叫 Feeling	藤井樹	260
BX4021	糖果樹情話	吐司 (truth)	180
BX4022	對面的學長和念念	晴菜 (Helena)	180
BX4023	尋翔啟示	Hinder	180
BX4024	愛在西灣的日子	BLACKJACKER	180
BX4025	Your heart in my heart	Siruko (靜子)	180
BX4026	新婚試驗所	Sunry	180
BX4027	銀色獵戶座	薄荷雨	180
BX4028	十七歲的法文課	阿亞梅 (Ayamei)	180

BX4029	真的，海裡的魚想飛	晴菜（Helena）	180
BX4030	聽笨金魚唱歌	藤井樹	180
BX4031	沒有愛情的日子	Kit (林心紅)	180
BX4032	暗戀	堅果餅乾	180
BX4033	有種感覺叫喜歡	Vela (婉真)	180
BX4034	心酸的幸福	Sunry	180
BX4035	深藏我心的愛戀	Yuniko	180
BX4036	長腿叔叔二世	晴菜 (Helena)	180
BX4037	孤寂流年	麗子	180
BX4038	純真的間奏	薄荷雨	180
BX4039	那個人	Skyblueiris	180
BX4040	大度山之戀	穹風	180
BX4041	從開始到現在	藤井樹	180
BX4042	不穿裙子的女生	布丁（Putin）	180
BX4043	聽風在唱歌	穹風	180
BX4044	盛夏季節的女孩們	堅果餅乾	180
BX4045	B 棟 11 樓	藤井樹	180
BX4046	小雛菊	洛心	180
BX4047	巾幗鬚眉	Maga	180
BX4048	那個夏天	Sunry	180
BX4049	不要叫我周杰倫	布丁（Putin）	180
BX4050	Say Forever	穹風	180
BX4051	夏飄雪	洛心	180
BX4052	裸足之舞	夜之魔術師	180
BX4053	青梅愛竹馬	Trsita	180
BX4054	我在故事裡愛你	Vela	180
BX4055	這城市	藤井樹	180
BX4056	夏天，很久很久以前	晴菜 (Helena)	180
BX4057	紅茶豆漿	Singingwind	180
BX4058	Magic 7	Kit (林心紅)	180
BX4059	雨天的呢喃	貓咪詩人	180
BX4060	黑人	Killer	180
BX4061	不是你的天使	穹風	180

BX4062	你在我左心房	Sunry	180
BX4063	天使棲息的窗口	晴菜 (Helena)	180
BX4064	月光沙灘	薄荷雨	180
BX4065	圈圈叉叉	穹風	180
BX4066	我的學弟是系花	布丁(Putin)	180
BX4067	Because of You	穹風	180
BX4068	我的理工少爺	阿古拉	180
BX4069	十年的你	藤井樹	180
BX4070	天堂鳥	Singingwind	180
BX4071	18℃的眷戀	Sunry	180
BX4072	人之初	洛心	180
BX4073	在那天空的彼端	貓咪詩人	180
BX4074	妳身邊	阿古拉	180
BX4075	好想你	晴菜(Helena)	180
BX4076	幸福時光	夜之魔術師	180
BX4077	後座傳說	蘋果米(csshow)	180
BX4078	下個春天來臨前	穹風	180
BX4079	期待一場薄荷雨	薄荷雨(peppermint)	180
BX4080	學長好	阿晨	180
BX4081	空氣與相簿	Killer	180
BX4082	魚是愛上你	ismoon (月升)	180
BX4083	圖書館少女夢	布丁(Putin)	180
BX4084	微風中的氣息	妤珩	180
BX4085	彈子房	Micat	180
BX4086	心跳	晴菜(Helena)	180
BX4087	約定	穹風	180
BX4088	寂寞之歌	藤井樹	180
BX4089	老大	布丁(Putin)	180
BX4090	來場戀愛吧！	蘋果米(showcs)	180
BX4091	晴空私語	貓咪詩人	180
BX4092	隱形的翅膀	Trista	180
BX4093	搜尋愛情	薩芙	180
BX4094	十字路口的愛情	Vela	180

BX4095	子夜	singingwind	180
BX4096	羽毛	Delia	180
BX4097	簡單就是美	蘋果米(showcs)	180
BX4098	勇氣	Killer	180
BX4099	紀念	穹風	180
BX4100	第二次的親密接觸	布丁(Putin)	180
BX4101	六弄咖啡館	藤井樹	220
BX4102	遺忘之森	晴菜(Helena)	200
BX4103	告別 月光	穹風	200
BX4104	天堂裡的候鳥	Vela (海揚)	180
BX4105	FZR 女孩	穹風	200
BX4106	低空飛翔的愛情	Sunry	180
BX4107	思念，懸在耳邊	Yuniko	180
BX4108	手裡的溫柔	青庭	180
BX4109	夏日之詩	藤井樹	220
BX4110	花的姿態	穹風	200
BX4111	甜蜜惡作劇	史坦利	180
BX4112	是幸福，是寂寞	晴菜(Helena)	200
BX4113	愛•不落	Micat	180
BX4114	藏在抽屜的夏天	青庭	180
BX4115	夜空	佩佩蘭	180
BX4116	三分之一未滿的愛情	killer	180
BX4117	人魚王子	nanaV	180
BX4118	愛情急轉彎	雪倫	180
BX4119	我的斯斯男	溫暖 38 度 C	180
BX4120	暮水街的三月十一號	藤井樹	220
BX4121	告別的年代	穹風	200
BX4122	因為	Micat	180
BX4123	追求	青庭	180
BX4124	管家婆	蘋果米(showcs)	180
BX4125	嗨，bye bye	Sunry	180
BX4126	左掌心的思念	穹風	200
BX4127	夜光	薄荷雨(peppermint)	180

BX4128	藍色	霜子	200
BX4129	第一千個夏天	柳豫	180
BX4130	第三個不能說的願望	青庭	180
BX4131	紅野狼	Joeman	200
BX4132	流浪的終點	藤井樹	260
BX4133	雨停了就不哭	穹風	200
BX4134	那些愛，和那些寂寞的事	雪倫	180
BX4135	又見晴天	nanaV	180

◎郵政劃撥訂購方式：

戶名：書虫股份有限公司

劃撥帳號：19863813

請至郵局索取劃撥單，填上戶名以及劃撥帳號，並於劃撥單背面寫上欲購買的書籍之詳細書名、本數、您的大名、聯絡電話與寄書地址，在郵局櫃檯直接付款。

劃撥購買恕不折扣。

國家圖書館出版品預行編目資料

破襪子／霜子著. -- 初版. -- 臺北市：商周,
城邦文化出版；家庭傳媒城邦分公司發行,
民 98.08
面 ； 公分. --（網路小說；136）

ISBN 978-986-6369-14-8（平裝）

857.7 98012373

破襪子

作　　者／霜子
企畫選書人／楊如玉
責任編輯／陳思帆

版　　權／翁靜如
行銷業務／賴曉玲、蘇魯屏
副總編輯／楊如玉
總 經 理／彭之琬
發 行 人／何飛鵬
法律顧問／台英國際商務法律事務所　羅明通律師
出　　版／商周出版
台北市中山區民生東路二段 141 號 9 樓
電話：(02) 2500-7008　傳眞：(02) 2500-7759
email：bwp.service@cite.com.tw
發　　行／英屬蓋曼群島商家庭傳媒股份有限公司城邦分公司
聯絡地址：台北市中山區民生東路二段 141 號 2 樓
書虫客服服務專線：(02) 2500-7718・(02) 2500-7719
24小時傳眞服務：(02) 2500-1990・(02) 2500-1991
服務時間：週一至週五09:30-12:00・13:30-17:00
郵撥帳號：19863813　戶名：書虫股份有限公司
讀者服務信箱 email：service@readingclub.com.tw
歡迎光臨城邦讀書花園　網址：www.cite.com.tw
香港發行所／城邦（香港）出版集團有限公司
地址：香港灣仔駱克道 193 號東超商業中心 1 樓
email：hkcite@biznetvigator.com
電話：(852) 2508-6231　傳眞：(852) 2578-9337
馬新發行所／城邦（馬新）出版集團
Cite(M)Sdn. Bhd.(458372U)11, Jalan 30D/146, Desa Tasik,
Sungai Besi, 57000 Kuala Lumpur, Malaysia.
電話：(603) 9056-3833　傳眞：(603) 9056-2833

版型設計／小題大作
封面繪圖／文成
封面設計／山今伴頁
電腦排版／浩瀚電腦排版股份有限公司
印　　刷／鴻霖印刷傳媒股份有限公司
總 經 銷／聯合發行股份有限公司
電話：(02) 2917-8022　傳眞：(02) 2915-6275

■ 2009 年（民 98）8 月 4 日初版　Printed in Taiwan

定價／180元

ISBN 978-986-6369-14-8

商周出版

廣　告　回　函
北區郵政管理登記證
台北廣字第000791號
郵資已付，免貼郵票

104台北市民生東路二段 141 號 2 樓

英屬蓋曼群島商家庭傳媒股份有限公司　城邦分公司

請沿虛線對摺，謝謝！

商周出版

書號: BX4136	書名: 破襪子	編碼:

請於此處用膠水黏貼

商周出版

讀者回函卡

謝謝您購買我們出版的書籍！請費心填寫此回函卡，我們將不定期寄上城邦集團最新的出版訊息。

姓名：________________________________　　性別：□男　□女

生日：西元________年________月________日

地址：________________________________

聯絡電話：________________　傳真：________________

E-mail：________________________________

學歷：□1.小學　□2.國中　□3.高中　□4.大專　□5.研究所以上

職業：□1.學生　□2.軍公教　□3.服務　□4.金融　□5.製造　□6.資訊

□7.傳播　□8.自由業　□9.農漁牧　□10.家管　□11.退休

□12.其他________________

您從何種方式得知本書消息？

□1.書店　□2.網路　□3.報紙　□4.雜誌　□5.廣播　□6.電視

□7.親友推薦　□8.其他________________

您通常以何種方式購書？

□1.書店　□2.網路　□3.傳真訂購　□4.郵局劃撥　□5.其他________

您喜歡閱讀哪些類別的書籍？

□1.財經商業　□2.自然科學　□3.歷史　□4.法律　□5.文學

□6.休閒旅遊　□7.小說　□8.人物傳記　□9.生活、勵志　□10.其他

對我們的建議：________________________________

____

____

____

____

請於此處用膠水黏貼